kurenai no shinigami ha
nemurihime no neoki ni
nayamasareru

紅の死神は眠り姫の寝起きに悩まされる 1

もり

PASH!文庫Fiore

1

ここは世界最高峰のマルン山を含むホッター山脈を背に、ドレアム王が治めるフロイト王国。

高地では牧畜を、山脈の麓では畑作を中心とした農業の盛んなのどかな国である。

一国の王が住まう城としてはいささか質素な佇まいであるフロイト王城のとある一室――ドレアム王の第三子にして一番目の姫の居室では、その主が健やかに眠っていた。

日中の陽光を遮るために厚いカーテンが引かれた薄暗い部屋で眠る王女アマリリスは、今年で十九歳になる。

別に体調を崩しているわけではなく、ただ昼寝をしていたアマリリス――リリスは、突然ぱちりと目を開けて起き上がった。

「プリンが食べたいわ！」

開口一番に発したリリスの言葉に、傍に控えていた侍女のテーナは首を傾げた。

「ぷりん、ですか？」

「そう、プリン。プリンプリンしていてとっても美味しそうなの」

「いやだ、ダジャレじゃないわよ。本当にそんな感じなの。だからきっとプリンなのね」

白けた目をするテーナにリリスは慌てて弁明した。

だけど、どうして私が言い訳しないといけないのかしら、と気付いたリリスはつんと顎を上げる。

「とにかく、メモをしてあとで作るわ」

「はいはい。今度は成功するといいですね」

「成功するに決まっているわよ。だって、すごく簡単そうだったもの」

鼻息荒く自信満々に宣言するリリスを見て、テーナは疑わしく思いつつも何も言わなかった。

リリスがメモをしているときに邪魔をするのはご法度である。

それはリリスに仕えることになる者が最初に厳しく言い含められること。

その理由について知っている者は古参の侍女であるテーナやリリスの家族など、ごく一部ではあった。

この一番目の姫――リリスは病弱なためベッドからあまり出ることができない。

そのため、日の光にさらされることのない肌は抜けるように白い。だが髪の色は薄い茶色で目鼻立ちも特に美しいとは、リリスには思えなかった。ただエメラルドにたとえられる緑の瞳だけは自慢である。

しかし、人々はめったに姿を現さない病弱なリリスに幻想を抱いて、いつしか〝美しきフロイトの眠り姫〟と呼ぶようになっていた。

——が、病弱設定は世間向けのもの。ただ単に、リリスはよく眠るのだ。

一日のうち三分の二ほど眠っている日もある。

その姿を見ながら『眠り姫』とはよく言ったものだと、テーナなどは笑い交じりに納得していた。

ではなぜリリスがここまでよく眠るのか。

その秘密を知っているのは家族である父のドレアム王、母のカサブランカ王妃、兄のスピリス王太子、次兄のエアム王子、妹姫のダリア、そして古参の侍女テーナ他数名だけである。

ちなみにもう一人、弟王子のリーノはまだ一歳なので理解していない。

リリスが幼い頃は「赤子は眠るのが仕事」とばかりに皆も気にしていなかった。

それが三歳を過ぎてもよく眠り、どこか悪いのではないかと医師の意見を仰いだ。

そして下された診断結果は、体がそれだけ睡眠を欲しているということは、おそらく日常的に体を動かす能力に問題があるのだろうと、要するに体が弱いのだろうとのことだった。

だが、そのうち幼いリリスが不思議なことを口にし始めたのだ。

初めは幼子が見た夢の内容を話しているのだと思った。

それが現実に遠くで起こっていることであったり、未来に実際に起こってしまうことであると王妃が気付いたとき、事態は一変した。

「ドレアム、大変よ！」

「どうした？　カサブランカ、何があったのだ？」

「あの子は……リリスは……」

「リリスに何かあったのか⁉」

「リリスは天才よ！」

「それは真か⁉」

「ええ、間違いないわ！」

「そうか、それは将来が楽しみだな！」

と、親ならほとんどの者が一度は口にする親馬鹿発言を王妃は王に告げたのだ。

そんな呑気な国王夫妻ではあったが、さすがに賢君と名高いドレアム王は、リリスの周囲には信用のできる者しか置かなかった。

リリスの見る夢は特殊である。

それは過去であったり、未来であったり、他国での出来事であったり、まるで物語のような世界のことであったり……。

その物語のような世界――異世界でリリスが得る知識はとても素晴らしいものだった。

最初の頃は半信半疑ではあったのだが、リリスの言うとおりに事を進めれば問題が解決することも多々あり、信じざるを得なかったのだ。

要するにドレアム王は、リリスの得た知識によって問題解決に当たり、今では賢君と呼ばれるようになった。——と、本人はよく言っているが、そもそも年端もいかぬ子供の夢の話を信じて実行することこそが、固定観念に囚われず新しいことを試すその姿勢こそが賢人であると、周囲の者は思っている。

ちなみに、リリス曰く「私の場合、寝ている間に夢を見ているんじゃなくて、現実を見ているの。過去や未来や、違う世界のね。異世界風に言うと、幽体離脱ってこと。だから寝ているようでいて、すごく疲れるのよ。いわゆるノンレム睡眠が短くなってしまうの。それで人の倍以上眠らないといけないってわけ。あとね、私がどんなにうなされていても無理には起こさないでほしいの。意識がない状態で体だけ起きてしまうと、私が戻ろうと思っても体が意識を拒絶するのよ。それで一度大変な目に遭ったから、絶対に私が寝ているときには無理に起こさないでね」とのことである。

家族をはじめとして、リリスが何を言っているのかよくわからなかったが、とにかくみんなそのとおりにした。

普段からリリスの寝室には限られた者しか入れないよう徹底し、さらに間違いがあってはいけないということで、昼間リリスが寝ているときには秘密を知る者が傍についているようにしたのだ。

これに関しては当初夜も行われていたが、リリスが「夜はみんな眠らないとダメよ。それが人間の本来の生活リズムなんだから。夜警などは仕方ないにしても、無駄な仕事は増やさないで」とのことで、中止されたのだった。

叫んで起きたリリスは、いつもの如く善は急げとばかりに身支度を整えると、さっそく城の調理場へと向かった。

「リリス様、何をなさっているのですか？」

「カラメルソースを作っているの」

「絡めるソース？　べっこうあめではなく？　ああ！　そんなに火を強くしては焦げてしまいますよ！」

「でもカラメルソースは焦げた色をしていたもの。きっとこれでいいのよ」

「しかし……」

「ほら、どいてどいて。これを器に移していくんだから」

はらはらしながら見守る料理人のジェフを押しのけるようにして、用意したカップ型の食器にリリスは〝カラメルソース〟を移していった。

が、どろりとして鍋に引っつくソースはなかなか容器へと移動してくれない。

「もう、面倒ね……それに底で広がらないのはどうしてかしら……？」

「リリス様、本当にそれで大丈夫なのですか？」

「まあ、いいじゃない。たぶん味は大丈夫なはずだもの」

「そりゃ、焦げたべっこうあめですからね……」

「さあ、次はプリン液よ！」

リリスは意気揚々と声を上げ、牛乳を熱しながら砂糖を入れて混ぜ、沸騰しないように気をつけながら卵を入れてまた混ぜた。

その適当具合にジェフは「ああ……」とか、「もっと丁寧に……」などはらはらしながら呟いている。〝ぷりん〟なるものは知らないが、やはり料理人として、リリスのやりようは見ていて落ち着かないのだろう。

そんなジェフの様子もおかまいなく、リリスは先ほど〝カラメルソース〟を入れた容器へ液を入れていく。

容器は全部で五つ。

水を張ったフライパンに容器を並べて器に蓋をかぶせ、釜へとフライパンを置いた。

夢で見た容器に直接かぶせていた銀色の柔らかいシートはここにはないので諦める。

「リリス様、これからどうするのですか？」

「ええっとね……フライパンに張ったお水が沸騰したら火を弱くして、それから……少しして火を消して蒸すの」

「……少しとはどれくらい？」

「少しは少しよ。あとはジェフに任せるわ。えっとね、液が柔らかくプリンプリンに固まるくらいだから。それから熱を冷まして、食べるの。本当は冷やしたほうが美味しいみたいだけど、私の我が儘で氷室に余計な熱を入れるのは申し訳ないものね」

しおらしくリリスは答えたけれど、言っていることはかなり無茶である。

そんな無茶ぶりにもジェフは文句を言わず、諦めのため息とともに頷いた。

ここからはベテラン料理人の腕の見せ所だ。

今までに何度もリリスの無茶を聞き、ジェフなりに試行錯誤を繰り返してものにしてきた料理の数々を思えばどうってことない。

そして何より、リリスの考案した料理——何年も保存がきく食品のおかげで四年前の世界的飢饉を乗り越えることができたのだ。

それ以来、何年も保存のきくフロイト産のチーズなどは名産品となり商人たちの間で高く取引されるようになった。

もちろんその製法がいつまでも漏れないわけはない。無理に隠そうとしても余計な争いが起こるだけだとドレアム王は知っていたので、特に秘密にはしなかった。

だが今でも、フロイト産の食品は他の地域のものよりもかなり高額になっている。

それゆえにフロイト王国はここ数年、かなり潤っていた。

そこに他国が目をつけないわけがない。

フロイト王国は、東に古い歴史を誇る大国フォンタエ王国、南に商業都市として独立しているマチヌカン、そして西に広大な国土を持つエアーラス帝国に挟まれている。

その中で東のフォンタエ王国は、フロイト王国を属国にできないかと企てているらしいのだが、西のエアーラス帝国を警戒してできないでいた。

しかし、どうしてもフロイト王国を諦めきれないフォンタエ王国は強硬手段に打って出ることになるのだった。

2

「……まあ、それなりに……」

「……ですね。美味しいですけれど……」

「何よ。十分美味しいわよ！　ねえ？」

「え、ええ、まあ……」

出来上がったプリンをリリスとテーナ、ジェフと料理人見習いのセブとで食べてみた感想は、微妙なものだった。

もちろん不味くはない。どちらかというと甘くて美味しい……と思う。ただ何か違う。

強引に美味しいと訴えたリリスは見習いの――といっても、料理人としては十分なのだが師匠のジェフがまだ認めていないセブに同意を求め、セブは目を逸らしながら頷くしかなかった。

「この絡めるソースがどうにも歯に引っついて……」

「そりゃ、焦げたあめだからなあ」

「でも材料も作り方も間違ってないはずなのよ！　わたし見たんだから！」

「ああ、俺が直接その現場を見ることができれば……」

「とにかく！　リリス様、これで満足なされましたか？　これ以上はジェフたちの邪魔になりますから、お部屋へ戻りましょう」

テーナの言葉にリリスはむうと唇を尖らせたものの、それ以上の我が儘は言わず素直に頷いた。

その姿を見て、セブが慌てて口を添える。

「あの、俺！　いや、僕がもう少し工夫してもっと美味しく仕上げてみせますから！」

「こら、セブ！　何を生意気なこと言ってんだ！　お前には十年早い！　こういうことは俺に任せとけ！」

リリスに甘い二人の言葉にテーナは呆れのため息を吐きつつ、喜びにほころぶリリスの顔を見て自身も気付かず笑みを浮かべた。

結局、テーナもリリスに甘いのだ。かなり。

「二人とも、ありがとう！　でも無理はしないでね！　私の我が儘を聞いてくれて、本当にありがとう！」

リリスの秘密を知る二人に手を振り、調理場から去ろうとしたそのとき。

調理場にはめったに姿を見せない人物が現れ、ジェフとセブは直立不動の姿勢になった。離れた場所にいる他の料理人も然り。

「ああ、やっぱりここにいたのか。リリス、父上がお呼びだよ。お急ぎだから、そのままの恰好でかまわないだろう。すぐに父上のお部屋に来なさい」

「お父様が？　わかったわ。ありがとう、エアム兄様」

エプロンを外してテーナに預けると、エアムについてリリスは国王の私室へと向かった。

わざわざエアム兄様が呼びに来るなんてよほどのことではないのかと、リリスは心配になったが口にはしなかった。

そして国王の私室に到着すると、エアムが軽くノックしてからドアを開けてリリスを先に入るよう促す。

「ありがとう、お兄様。――失礼します、お父様」

「ああ、リリス。呼び出してすまないね」

部屋に入ると国王だけでなく、王妃、王太子、そして妹姫までいることに少しだけ驚いた。しかも弟王子のリーノも王妃の膝の上にちょこんと座っている。

みんなが立ち上がってリリスを迎える中、国王のドレアムがくんくんとわざとらしく鼻を動かした。

「いい匂いがするね、リリス。また何か調理場で作っていたのかい？」

「はい、お父様。でもみんなに召し上がっていただけるほどには成功しなくて……」

「そうか。どんなものか気にはなるが、ジェフの腕を信頼して気長に待とう」

「そうね。ジェフはリリスのどんな無茶振りでも美味しく調理してくれるものね。楽しみだわ」

「お父様、お母様、確かにお二人の言うとおりだけど……何だか納得いかないわ」

リリスがぼそりと呟くと、みんなが笑った。

国王も「ごめん、ごめん」などと気軽に言いながら笑い、リリスを軽く抱きしめる。

そのお陰か、リリスが部屋に入ったときの張り詰めた空気は少し和んでいた。

だがリリスがソファに座り、国王が気を取り直すようにこほんと一つ咳払いをした途端、またその場が緊張する。

「ここ最近、我が国とフォンタエ王国との間に摩擦が生じているのは知っているね？」

「はい。失礼なことに属国になれって言ってきているのでしょう？」

「まあ、簡単に言えばそうだ。その言い分を受け入れれば、我々はかなりのものを上納しなければならない。そうなれば民にも負担を強いてしまうことになる。そのため、今まではやんわりと濁して断っていたのだが……」

「強硬手段に出ようとしているのですか？」

「見たのかい？」

「いいえ、まだです。でも、それぐらいはわかります」

国王の意外そうな問いかけに、リリスは首を振って否定した。

さすがに寝てばかりでも一応は王女として教育を受けており、今のみんなの浮かない顔を見れば自ずとわかるというものだろう。

「どうやらフォンタエ王国は戦の準備をしているらしいんだ。そして今、フォンタエが争う相手といえばエアーラス帝国くらいしか考えられないのだけどね……。内偵の報告でもマチヌカンの利権を巡ってすでに何度か外交官たちがぶつかっているらしい」

「ですが、マチヌカンは商業都市として独立しているはずです。その利権を争うなど、おかしいではないですか」

「そうだね。リリスの言うとおりだけれど、今までマチヌカンが独立を保っていられたのはエアーラスの後ろ盾があったからこそなんだ。そこにフォンタエが入り込んで圧力をかけ始めたものだから、エアーラスも黙っているわけにはいかないだろう？」

王太子である兄のスピリスが説明してくれる。

その内容に理解はできても納得のできないリリスは顔をしかめた。

フォンタエのやりようはあまりにも卑怯だ。

「要するに、このフロイト王国は両国に挟まれ、戦火に巻き込まれてしまうということですか？」

腹立たしさが収まり冷静さを取り戻すと、これから起こるだろうことにじわりと恐怖が湧いてきた。

その気持ちを抑えてリリスは平静を装って訊ねる。

それに答えてくれたのは二番目の兄であるエアム。

「素直に考えればそうなるだろうけれど、内偵の話では今のフォンタエにエアーラスと争うだけの国力はないそうなんだ。とすれば、考えられることは一つ。このフロイトを強制的に従属させようとしているんだろうね」

「そんな……」

あまりにも理不尽な話にリリスは言葉を失った。

母である王妃と妹姫のダリアは二人とも沈痛な表情で押し黙ったまま。

そこに国王の大きなため息が落ちた。

「ここ数年、この国はリリスのお陰でとても栄えている。そこにフォンタエが目をつけたんだ。数年前の飢饉でフォンタエはかなりの打撃を受け、それ以来かつての栄光を取り戻すことができないでいる。フォンタエはこの国の富を狙っているのだろう。だが、この国に富をもたらしてくれているのは金でも銀でもない。豊かな自然とそれを生かすリリスの知恵、そしてこの国の民の尊い働きだ。もしこのままフォンタエに従属させられてしまっては、全てを搾取され、民は疲弊し、この国は、この土地はやがて枯れてしまうだろう」

国王の言葉を最後に、部屋は重苦しい沈黙に包まれた。

リリスも予想以上に厳しい状況を知って必死に考えていた。

いつもリリスが重大だと思える現実夢を見たときや、問題が起こったときにはこうして家族全員が集まり相談する。

リリスが八歳の頃から、妹のダリアはまだ五歳だったが、それは変わらなかった。

「私……これからはできる限り、フォンタエ国王の身辺に行けるよう願ってみます。そうすれば何か打開策が見つかるかもしれないですから」

残念ながらリリスの夢──本人曰くの〝現実夢〟は希望するものが見えるわけではない。

たいていは無作為なのだ。

ただ寝る前に強く思うと、その場に行くことができたりするので、リリスはそれに賭けることにした。

だが、国王は悲しそうな顔をして首を振る。

「実はね、エアーラスから援助の申し出を携えた使者が先ほど到着したんだ」

「それなら受ければいいではないですか！　確かに、この国がフォンタエに侵略されてしまうと、エアーラスは国境を脅かされることになりますものね。エアーラスにとっても損はないはずです」

今までフロイト王国がどちらの国にも侵略されずに独立を保っていられたのは、取るに足りないような存在というだけでなく、両国の均衡を保つためでもあったのだ。

リリスはようやく笑顔になったが、国王や兄王子たちの様子に眉を寄せた。

どうやら事はそう簡単にはすまないらしい。

「……どんな条件があるのですか？」

「条件は……いや、エアーラスは同盟を申し出てくれたのだよ。両国間が血縁関係で結ばれることによる同盟を」

「血縁関係……」

「エアーラスの皇帝はジェスアルド皇太子の妃に、我が娘をお望みなのだ」

はっと大きく息を飲んだのは妹姫のダリアだった。

どうやらダリアもまだ話を聞かされていなかったらしい。

その愛らしい顔は真っ青になり、普段は野イチゴのような紅色の唇は色を失くして震えている。

ダリアは金色の髪と白い肌に映える青色の瞳を持った、皆が夢見るままの美しい王女だった。

性格もおとなしく素直。幻想でも何でもなく、民の人気を集めている。

そんなダリアから視線を父王へと戻し、リリスは肝心の問いを口にした。

「皇帝は、どちらをお望みなのですか？」

「あちらとしては――」

「お姉様！ そんな質問は不要です。この国にとってお姉様は必要な方ですもの。皇帝陛下がどちらを望んでいようと、私が参ります」

父王の言葉を遮り、ダリアは強い決意を口にした。

ダリアがそんな無礼な態度を取るなど今までにないことであり、それだけに強い意志が感じられる。

国王はしばらく黙っていたが、重々しく口を開いた。

「あちらとしては特に指名はしていなかった。ジェスアルド皇太子の年齢は二十八歳だから、年齢でいえばリリスのほうが似合いなのだろうな。だが、リリスは体が弱いと有名だ。

事実は別にしても、そう考えられている以上はダリアを嫁がせるべきだろう。もちろん、この話を受けるとしてだが」

国王の言葉をダリアはぎゅっと両手を握って聞いていたが、最後に付け足された言葉に少し力を抜いたのをリリスは見ていた。

そのため、リリスはずっと内緒にしていたことを公にすることにした。

「では、このお話を受ける、受けないかはまた後で結論を出すとして、受ける場合、ダリアはダメです」

「リリス？」

「お姉様？」

「だって、ダリアにはもうすでに心に決めた人がいるもの。アルノーという立派な方がね」

「お姉様⁉」

「ダリア！　それは本当なのか⁉」

「それでリリスはアルノーとの縁談を渋っていたのか……」

リリスの落とした爆弾発言で、その場は混乱をきたした。

国王はショックを受けたように口をぽかんと開けたまま、スピリス王太子は驚いてダリアを問い詰め、エアム王子は冷静に呟く。

「お姉様、見たの⁉　いつ⁉」

「まあ、ダリア。あなた……」

「まだ何もないわ！　アルノーは紳士だもの！」

そして王妃はダリアの淑女としての振る舞いを心配し、ダリアは顔を真っ赤にして立ち上がると、リリスに抗議しながら王妃に自分の名誉を訴えた。

「とにかく、二十歳のアルノーともうすぐ十六歳のダリアはお似合いだと思うわ。年齢だけでなく、この縁談に問題はまったくないはずよ。そもそも私とアルノーは合わないわよ。それは小さい頃から私はわかっていたわ。ただ言い出せなかっただけ。ダリアが十六歳になったら、アルノーがお父様にお願いするつもりだったのよね？」

「お姉様！　そんなことまで知っているなんて！」

「心配しないで。私が見たのはその場面ともう一場面だけだから」

「もう一場面って⁉」

「それは言わないでおくわ」

「お姉様！」

普段はおとなしいダリアの狼狽ぶりがおかしくて、ついついからかってしまう。

それから幼い娘に――年齢的にはもうすぐ成人の立派な淑女なのだが――恋人がいたことがショックで呆然としていた国王に、リリスは生真面目な顔に戻って向き直った。

「お父様、このお話を受けるのだとしたら、私が嫁ぐわ。向こうが血縁関係による同盟を望んでいるのだから、私が子供を産めるだけの体力はあるという医師の診断書を返書に添えればいいのよ」

「リリス！　これは簡単に答えを出せることではないんだぞ？　なぜ今まで皇太子が独身だったと思うのだ？　いや、正確に言えば独身だったわけではない。一度結婚しているが、婚姻後まもなく妃は亡くなられたのだ。噂では皇太子の粗暴さに耐えられず自ら命を絶ったのだと」

「でも噂だわ。以前にもみんなに伝えたと思うけれど、エアーラス帝国はここ何十年かでたくさんの国を征服し、国土を広げてきたわ。それを非難する人は多いけれど、実際に征服された土地に住む人々は今、とても幸せに暮らしているのよ。エアーラス皇帝が征服したのは圧制に苦しんでいた国だけ。だからこそ、帝国は今もさらに栄えているんだわ」

「僕たちはリリスの教えてくれたことは十分理解しているよ。何も夢で見るだけが世界情勢を知る手段ではないからね。だが、父上のおっしゃったとおり、これは答えを簡単に出せる問題ではない。僕たちにとってはリリスもダリアも大切なんだ。だからエアーラスと同盟を組まなくても何とかフォンタエからの侵攻を防ぐ手立てを探るだけは探りたいと思う。ただ、この現状を――エアーラスからの使者がしばらくこの城に滞在することは知っておいてほしい」

「スピリスの言うとおりだ。リリス、ダリア、いいかい？」

「はい、お父様。スピリスお兄様もありがとうございます」

「わかりました、お父様。あの、アルノーのことは……」

「そのことに関しては、今は忘れなさい」

「……はい、お父様」

それからリリスとダリアは退室の礼を取り、二人で国王の私室を辞した。

二人ともしばらく黙っていたが、やがてダリアがリリスに話しかけた。

「お姉様、お部屋に行ってもいい？」

「もちろんよ。ごめんね、秘密をばらしちゃって」

「ううん。私も謝りたいと思っていたの。だってアルノーは――」

「ダリア、部屋まで待って」

「はい」

また二人の間に沈黙が漂ったが、それは周囲を気にしてのことで、仲違いをしたわけではない。

部屋に入ると、リリスはテーナたち侍女を下がらせてダリアと二人きりになった途端に口を開いた。

「ダリア、私とアルノーのことは気にしないでいいのよ。別に正式に婚約していたわけじゃないもの。ただの候補よ。アルノーは、私にとって……兄のようなものなの。他にも候補は何人かいるけれど、正直なところ全員どうしても結婚を考えられなくて今まで引き延ばしてきたのよ。それが今回、幸いしたというべきね」

「幸いなんかじゃありません！　先ほども申しましたが、お姉様はこの国にとって必要な方なんです！　ですから私が――」

「ダメよ！　それはダメ！」

「ですが、お姉様……」

「あなたとアルノーは想い合っているのよ？　それってすごく奇跡じゃない？　いくらこの国がのんびりしているからって、私たちはいずれ政略結婚しなければいけないの。アルノーが私の婚約者候補になったのは、それだけの利があるからよ。でも言い換えれば、アルノーの相手は私じゃなくて、あなたでもいいってことよ。それなのにどうしてわざわざ想い合っている二人が別れなければならないの？」

リリスが言い募ると、ダリアは悲痛な顔をした。

それでも美しく儚げな妹を見つめながら、リリスは羨ましいなと関係ないことを考えてしまう。

そんな考えを振り切り、リリスは続けた。

「今、私には好きな人がいない。だけど、いい加減に候補の中から選ばなければいけないと思っていたところなの。もう嫁き遅れ寸前なんだもの。いっそのことくじ引きで決めようかと思っていたくらいよ」

「お姉様！」

「嫌だ。さすがに冗談よ」

リリスは胸の痛みを無視してくすくす笑った。

アルノーは宰相の息子で、リリスの幼馴染であり初恋の相手でもあった。

だが、ずっと秘めていた気持ちだったのだ。

今さら誰かに――ダリアに悟らせるわけにはいかない。

「確かに、私の力はこの国にとって大切なものよ。だけど、必要があれば手紙で知らせることもできるんだから、大丈夫。まあ、火急の要件の場合は……早馬を飛ばすわ。とはいえ、エアーラス帝国の後ろ盾を得ることができるのなら、フォンタエ王国の脅威から逃れられるのなら、このんびり王国に事件なんてそう起こらないと思うわ。むしろ、この力があれば帝国でも――皇太子殿下を相手にも渡り合えるはずよ。だからこそ、私が嫁ぐべきなのよ」

「だからって、そんな……」

やはりエアーラス皇太子の禍々（まがまが）しい噂が災いしてか、負い目を感じているらしいダリアを納得させるのは至難の業だった。

それでもリリスは根気よく説得を続け、二人の話し合いは長時間に亘ったのだった。

3

『陛下、本当にフロイトに攻め入るおつもりですか？』

『儂はやらぬことを口にしたりはせぬ。何、心配せずともあの田舎兵どもに我が王国軍が負けるわけはない』

『敗れることを心配しているのではございません。ただフロイトを支配下に置いたとして、エアーラスが黙っているでしょうか？』

『もちろん黙ってはおらぬだろうよ。だからこそ、勝負は一瞬で決めねばならん。王国軍の総力をもってして、フロイト国王が気付かぬうちに、その喉元に剣を突きつけてやればいいのだ。そうすればたとえエアーラスが進軍してきても、フロイトの地で迎え撃てばいい。何なら役立たずのフロイト兵を盾にしてでもな。ただし、こちらの動きをエアーラスも勘ぐっているであろうから、早急に動かねばならん。よって、ひと月だ。ひと月でフロイトへの侵攻を開始する』

『ひ、ひと月ですか？　……し、しかし、それほどの規模の進軍には準備が……』

『兵糧の心配は必要ない。軍が進む先に溢れるほどにあるのだからな。今までのらりくらりとこちらの要望をかわしてきたフロイト国王には目に物見せてやる。後悔しても遅いということに気付き、無様に這いつくばればよいのだ。そしてフロイトを制した暁には、マチヌカンとの交易を禁止する。そうすればマチヌカンの商人どもも儂に頭を下げるだろうよ』

厭な笑い声を上げる醜く太った男の姿を見ていることに耐えられず、リリスは目を閉じた。

途端にはっと目を開けて、見慣れた天井に気付く。

じっとりと肌には汗が浮かび、吐き気がするほどに気分は悪かった。

それでもリリスは今のことを必死に記した。誰と誰が話していたのか、顔は知らなくても内容でわかる。

本当に夢ならいいのに。そう思うことが今までにも何度かあったが、今このときほどではなかった。

そしてようやく書き終わると、ふうっと息を吐いて立ち上がり、窓辺へと向かう。

空は白みがかっていて、夜明けが近いことを教えてくれた。

ぼんやりと曙の空を眺めながら、昼間のダリアとの会話を思い出す。

リリスの婚約者候補だったアルノーとは一歳違いということもあり、幼い頃はよく遊んだのだ。――珍しく起きているときには。

自分の恋心を自覚したのは十二歳のときだが、その頃には周囲も自然と二人は結婚するだろうと思っており、気持ちをあえて口にすることはなかったのだ。

リリスが特殊な力を持っているために正式な婚約を交わすことはなかったが、十六歳になるとさすがに婚約話がそれとなく持ち上がるようになった。

その頃に見た現実夢にリリスは打ちのめされたのだ。

彼の父である宰相がアルノーに、リリスのことをどう思うかと訊いていた場面。

わくわくしながらその答えを待っていると、アルノーはきっぱりと告げた。

『私にとってリリス様は妹のようにしか思えません。ですが、彼女の力を知る者として、この縁談がどれほどに重要なのかは理解しております。ですから、もし正式にお話をいただけたのならお受けいたしますよ』

『しかし、お前はそれでいいのか？』

『もちろんです、父上。たとえ妹のようにしか思えなくても大切に、誠心誠意をもって夫としてお傍でお仕えすることを誓います』

目が覚めたときには泣いていたけれど、すぐに涙を拭き取って、何事もなかったように過ごした。

自分は現実夢のせいで大人びていると思っていたが、所詮十六歳の夢見る乙女だったのだと痛感してしまう。

それからしばらくして、父であるドレアム王がアルノーとの婚約を打診してきたときには、リリスはまだその気になれないと我が儘なふりをして答えた。

ひょっとして、時間と距離が二人の間にもう少しロマンスめいたものを生じさせてくれるのではないかと、恋愛小説を読み漁って頑張ってみた。

それがまた打ちのめされることになったのは、十五歳になったばかりのダリアとアルノーの密会現場を見てしまったためだった。

これは夢でも何でもなく現実で、その場から気付かれずに立ち去るためにどれだけ苦労したか。

冷静沈着を絵に描いたような人だと思っていたアルノーがあれほどにロマンチックな愛の言葉を囁けるなんて。

「なに、それ……」

あのときに思わずこぼれ出た言葉が、今また落ちる。

もう平気だと思っていたのに、やっぱりまだ未練があるらしい。

そこへ、リリスが起きた気配に気付いたのか、控えの間からそっとテーナが顔を覗かせた。

「リリス様、お目覚めになっていらしたのですね。気付かずに申し訳ございません」

「ううん、いいの。ちょっと夢を見て、メモをしている間に目が冴えちゃっただけ。でも汗をかいてしまったから、着替えたいわ」

「かしこまりました」

「朝早くからごめんなさいね」

「まあ、何をおっしゃるのですか。どうかお気になさらないでくださいませ」

テーナが手配したメイドが運んできたお湯でさっと体を拭き、着替えを済ませると、また眠くなってきた。

どうやら先ほどの現実夢――幽体離脱の疲れが出てきたらしい。

父である国王も兄たちもまだ眠っている時間なのはわかっていたので、リリスはもう一度眠ることにした。

「じゃあ、もうひと眠りするわね」

「はい、リリス様。お休みなさいませ」

テーナの心地よい声に癒されて目を閉じる。

そして、リリスは再び夢を見ることになった。

それも今度は、エアーラス帝国の皇太子の夢を。

『父上！　フロイトの王女を私の妃にと、同盟に条件をつけたとは真（まこと）ですか⁉』

『そのとおりだが、何か問題でもあるのか？』

『あるに決まっているではないですか！　このような脅迫紛いのことをなぜなさるのです⁉』

『仕方ないではないか。そなたの妃がいつまでも決まらぬのだから』

『私はコリーナが亡くなってから、二度と結婚はしないと申したではありませんか。跡継ぎなら従弟のコンラードがいます。とにかく、条件は撤回すべきです！　私はフロイトの王女など娶るつもりはありません！』

そうきっぱり言い切った赤い髪の青年は突然振り向き、紅い瞳を眇めた。

まるで目が合ったような感覚にリリスは驚き、急いで逃げようとして、そこで目が覚めた。

息が切れているのは驚いたからだ。

心臓が早鐘を打っているようで動悸が収まらない。

今までにも察しのいい人はどの世界にもいて、何となく気配を感じているのかきょろきょろとされることはあっても、はっきり目が合ったのは初めてだった。

しかも、噂には聞いていたけれど、本当にあんなに瞳が紅いなんて。

だけど次第に落ち着いてくると、少しずつ気持ちが沈んでいった。

力に関係なく家族はリリスを無条件で愛している。

だがそれは家族だからではないのか。リリスがみんなを無条件に愛しているのと同じように。

（家族以外に私を愛してくれている人はいるのかしら……？）

リリスは考え、ため息を吐いた。

きっと力に関係なく好きだと思ってくれている人はいるはずだ。

テーナやジェフや、おそらくセブも。

またアルノー以外の婚約者候補たちは結婚したいと伝えてはくれるが、それはリリスが王女だからだろう。

そもそもリリスはアルノー以外の男性とちゃんと接したことがなかった。

おそらく若い貴族女性はそんなものなのだろうが、だとすればみんなどうやって恋愛しているのだろうと思う。

（でもスピリスお兄様も決められた結婚だったけれど仲は良いし、お父様とお母様だってそうだわ。そう考えれば、みんな結婚してから愛を育むのかも……）

だとすれば、やはりダリアとアルノーがお互いを想い合っているのは奇跡だとリリスには思えた。

それなのに二人が結ばれないなんて間違っている。

また、出産を間近に控えて実家に戻っている王太子妃のことを思えば、この先、戦などになって余計な心配をかけたくはない。

（あのフォンタエ王国の現実夢はおそらく最近のことよね。ということは、ひと月の間にこのフロイト王国に攻め入ってくるのかもしれない。やっぱり……）

どう考えてもリリスがエアーラスに嫁ぐのが最善の策である。

たとえ皇太子本人が拒否していても。

エアーラスが提示している条件を今飲めば、同盟は間違いなく成されるだろう。

その後、結婚の条件が撤回されることがあっても、こちらには落ち度がないのだから問題は何もない。

むしろラッキーである。

(私自身を望んでくれる人がいないのなら、たとえ皇太子が嫌がっていようと嫁ぐべきだわ。この婚姻が条件の同盟にはフロイトにとって益はあっても損はないわよね。まあ、みんなと遠く離れてしまうのは寂しいけど……)

ベッドの中でゴロゴロしながら思い悩んでいたリリスは、決意すると勢いよく飛び起きた。

そして片手を拳にして突き上げ叫ぶ。

「目指せ、押しかけ女房! 打倒、フォンタエの野望!」

その姿を目にして、控えていたテーナは呆れのため息を大きく吐いたのだった。

4

リリスの決意を国王たちに納得させるのは大変だったが、結局はフォンタエの現実夢が決め手になった。

今まで戦争なんて縁のないのどかな国だったために、とてもではないがフォンタエ軍に立ち向かえない。

たとえ同盟以前にエアーラスが援軍を送ってくれたとしても、間に合わないだろうと。

ひと月も猶予がないとすれば、急ぎエアーラスと同盟を結び、大々的に知らしめることによって、牽制するしかない。

その日のうちに出した結論を返書にしたため、エアーラスの使者に預けると、あっという間に同盟もリリスの輿入れの日付も決まってしまった。

（ちょっと……いえ、かなりの確率で縁談はなしになると、実は期待してたのになあ……）

とリリスが自分の誤算を悔いているうちに、慌ただしく輿入れの準備は進んだ。

そして、いよいよ出発の日。

本来はフロイト国王の名代として王太子であるスピリスが同行するべきなのだが、妃の出産間近ということで、エアーラス側には情勢を理由にしてエアム王子がリリスに付き添うことになった。

正式な同盟の調印式はエアーラス皇宮での結婚式の後に行われる予定である。

（まったく逃げ場がない……。あんなにジェスアルド皇太子は拒否してたのに。いくら父親とはいえ、さすがに皇帝陛下の命令には逆らえなかったのね……）

当初の決意は何だったのかというくらい、リリスは不安だった。

妹のダリアとアルノーのことを知って以来、おそらく自分は婚約者候補である国内の有力貴族と結婚することになるだろうと思っていたため、いくら政略でも相手は王女の自分を喜んで迎えてくれるだろうと思っていたのだ。

力のことは折を見て打ち明けるつもりだった。相手が本当に信用に足る人物かどうかを見極めて。

それがまさか他国へ嫁ぐことになるとは。

しかも、皇帝である父親には歓迎されても、当の夫に拒否されたままだったらどうしようと、悩んでしまう。

（へこむわー）

あれ以来、ジェスアルドの現実夢は見ていないが、フロイト王国とエアーラス帝国の同盟の報告を受けたフォンタエ国王が馬鹿みたいに慌て、苛立ちを臣下にぶつけている場面は見た。

もちろん油断はできないが、ひとまず一番大きな問題が片付いたのだから良しとするしかないだろう。

＊　＊　＊

豪華絢爛とは言いがたいが、それでも頑丈で立派に見えるフロイト王家の馬車に乗り、涙にくれる母と妹、そして笑顔の弟に手を振りながらリリスは出発した。

兄のエアム王子はしばらく騎乗して進むらしい。

「リリス様」

「なあに、テーナ？」

「まさかとは思いますが、お持ちになった本の内容を実践されるおつもりではないですよね？」

「嫌だわ、何のために本を持ってきたと思うのよ。実践しないでどうするの？　あれを皇太子殿下にお会いするまでに読み込んで、私の魅力で殿下をメロメロにするのよ。目指せ、蠱惑(こわく)的な美女！」

「……」

「はいはい。わかっているわよ。それは私には無理だって。だから、小悪魔な感じでいこうと思うわ」

「……成功するといいですね」

「ねー！」

色々悩みはしたが、決まってしまったものは仕方ないと、リリスは前向きに考えることにした。

元来能天気なリリスのモットーは『前進あるのみ！』である。

テーナはこの輿入れにかなり不安を感じつつも自分がしっかりしなければと思っていたが、改めてその思いを強くした。

「あの……リリス様は恐ろしくないのですか？」

「恐ろしい？　何が？」

「それは……その……皇太子殿下のことです」

もう一人の侍女であるレセが遠慮がちに口を開いた。

レセは若いがしっかり者で、リリスの力の秘密も知っている。

そんな彼女の問いに、リリスは少しびっくりした。

おそらくレセが心配しているのは、皇太子にまつわる忌まわしい噂のせいだろう。

エアーラス帝国皇太子の噂は、のどかな農業国であるフロイト王国でも有名である。

そもそもエアーラス帝国は三十年ほど前までは帝国と名乗るほど大きな国ではなかった。

フロイト王国と同じように北西にホッター山脈を控え、山脈から流れ出る川が肥沃な大地を作り、豊かな農業地に恵まれた農業国だった。

だが、大きく変化が訪れたのは国土の南に位置するカイ山に眠る金鉱が発見されてからだ。

そしてその地を調べれば他にも銀山など、いくつかの鉱山が発見された。

それからエアーラスは多大なる発展を遂げ、人口も増えていったのだが、ある日突然隣国へ侵攻を開始したのだ。

当然人々は驚いた。

国がどんなに富み栄えても、驕ることのなかったエアーラス国王が他国を侵略するなど、ひょっとして気でも触れたのかと噂された。

実は併合された隣国で暮らしていた人々はそれまでの貧しさから解放されたのだが、他国の者がそれを知ることは少ない。

それからもエアーラス国王はいくつかの国へ侵攻、併合し、王国は栄え、今から十数年前に王国から帝国へと名を改めた。

だが今から二十八年前、エアーラス国王——今では皇帝と呼ばれるが——の妃が生んだ男児は世にも珍しい紅い瞳をしていた。

さらには赤い髪と相まって、いつしか呪われた王子と噂され始めた。

今までエアーラス国王が無為に流した血の呪いを、ジェスアルド王子は受けているのだと。

もちろん夫妻は噂など気にせず、ジェスアルドを愛し育てたが、エアーラスが国土を広げるごとに噂も広まり、ジェスアルドの初陣ではその姿を目にしただけで逃げていく敵もいたほどだった。

そして十年前、ジェスアルドの妃の悲劇的な死が決定打となり、今ではエアーラス皇太子は紅の死神の異名をとるまでになっていた。

しかし、リリス自身は恐ろしいと感じたことがなかった。

「確かに、呪いと聞けば恐ろしいけれど、皇太子殿下の瞳が紅いからって何か他にあるのかしら?」

「何かとは……?」

「たとえば、その紅い瞳から炎を放つとか、目が合うと石になってしまうとか?」

「それは……」

「聞いたことないわよね。呪われているとか、呪われるとかって聞くけれど、実際のところはよくわからないわ。瞳の色だって、レセの瞳は茶色だし、私の瞳は緑だわ。だから紅色があってもおかしくはないでしょう? 珍しいだけで」

「そう、ですね……。そう思うと、平気に思えますね」

「でしょう? 噂なんてあてにならないわよ。だって、私なんて〝美しきフロイトの眠り姫〟よ?」

「リ、リリス様は決して美しくないわけでは……とても、可愛らしくて……」

「いいわよ、レセ。私は自分のことはちゃんとわかっているから。問題は、エアーラスの方々が多大な期待を抱いていたらどうしようかってことよ。お父様ったらあの肖像画を先に送ったらしいのよ。かなり修正されて美人になってしまったあれを」

そこまで言い切って大きくため息を吐いたリリスに、今まで黙っていたテーナはもちろん、レセさえももう何も言わなかった。

そうして静かになってしまった車内とは別に、ガラガラと車輪は音を立てて回り、馬車はエアーラスへと向かって走り続けたのだった。

5

リリスの花嫁行列は順調に進み、いよいよエアーラスとの国境へ差しかかった。

山脈から流れる川を挟んだ向こう側には、まるで戦でも始めるのかというような物々しい雰囲気の兵士たちが見える。

その光景に女性たちは慄(おのの)いたが、彼らはリリスたち一行と入れ替わりに、フロイト王国への援軍として向かうらしい。

これからフォンタエとの国境近くに駐在して、フロイトの警備兵たちと合同訓練を行うのだ。

そして一部の騎士たちは、リリス一行の出迎えであった。

だが合図がないということは馬車からは降りなくていいのだろう。

そのままリリスたちが車内で座って待っていると、また馬車は動き始めた。

どうやら国境を越えると、少し先に村があり、そこで休憩を取るらしい。

「リリス様、お疲れではございませんか？」

「ええ、大丈夫よ。先ほどの村で十分休むことができたもの。あの村の人たちはとても親切だったわね」

「そうですね」

休憩を取った村の人たちは温かく歓迎してくれた。

もちろん小国とはいえ、一国の王女であるリリスに失礼な態度を取るわけはないのだが、見せかけかどうかくらいはリリスにだってわかる。

そしていよいよ、本日の宿泊場所であるブルーメの街へと近づいているのだが、珍しく一睡もしていないリリスを心配して、テーナが声をかけてくれたのだ。

「よかった。どうやら歓迎されているみたいだわ」

「それは当然ですよ。我が国とエアーラスは良好な関係を築いていますからね。さらにこの街は我が国との交易で栄えているのですから。フロイト王国の王女様でいらっしゃるリリス様が歓迎されないわけがございません」

街へ入ると聞こえた歓声にほっとして呟くと、テーナが当然とばかりに答えてくれた。

テーナにとって、リリスは困ったところはあっても自慢の主人なのだ。

リリスは照れくさくて苦笑しながら視線を移すと、テーナの隣に座るレセも王女一行が歓迎されていることに胸をなで下ろしていた。

このブルーメの街はフロイト王国だけでなく、マチヌカンとも近いため、交易の拠点となっている。

かなり昔、マチヌカンはフォンタエ王国の属領であったため、ブルーメも昔は要塞都市だったらしく見た目は少々厳めしい。

それは街へ入る前にちらりと車窓から見えてわかったのだが、今のリリスは街の様子を見てみたくて仕方なかった。

(ああ、見たい！　すっごく見たい！　街並みももっとちゃんと見たいし、ブルーメの人たちだって見たい！)

浮き立つ心を抑えられず、そっと窓へと背を伸ばす。

もう我慢できなかったのだ。

それなのに――。

「リリス様、なりません」

「ええ？　でも少しだけなら……」

「小さな子供でもありませんのに、一国の王女が窓から顔を覗かせるなんて、はしたないと思われてしまいますよ」

「でも、ほら。あんなに歓迎してくれてるんだもの。少しくらい応えたほうが――」

「それは正式にお式が終わってから、お披露目がございましょう。それまではむやみに人前にお顔をお見せするわけにはまいりません。ここはフロイトとは違うのですから」

確かに、フロイトの王城では、誰もが何にでも興味を示すリリスに付き合ってくれた。

もちろん節度ある距離と礼儀をわきまえていたが、それでも親しく接してくれていたのだ。

「このエアーラス帝国の皇太子妃となられるのですから、今までのようにはできないことをご理解くださいませ」

「……なれるといいけどね」

「はい？」

「ううん、何でもない。まあ、頑張るわ」

投げやりなリリスの返事にテーナは片眉を上げただけで、もう何も言わなかった。

カサブランカ王妃も心配していたことだが、リリスがフロイトから出ることになるとは思ってもいなかったため、少々自由にさせすぎてしまったらしい。

レセは二人のやり取りにどうしたものかとおろおろしていたが、結局は口を挟まないことにした。

賢明な判断である。

だが、我が儘にも見えるリリスの言動だが、そこはやはり一国の王女。

馬車が止まった途端、ぴんと背筋を伸ばし、淑女らしい微笑みを浮かべて扉が開かれるのを待った。

車外には大勢の人の気配がし、その中でゆっくりと、しかし力強い足音が馬車へと近づいてきていた。

その足音がぴたりと止まる。と同時に、扉が外から開かれた。

「ひっ！」

思わず漏れ出そうになった悲鳴を必死に飲み込んだのはレセだ。

テーナは冷静さを装っていたが、その顔色の悪さを見れば、怯えを隠しているのがわかる。

（見たい！　何があるっていうの!?）

正面に向かって座っているリリスには陰になって見えないのだ。

だがその欲求はすぐに解消されることになった。

扉の陰になって見えなかった人物が一歩前へと進み出て、車内に向かって軽く頭を下げたからだ。

さらりと柔らかく揺れた髪は、街を取り囲む牆壁の向こうへと姿を消していこうとする夕陽よりも赤い。

ゆっくりと上げた端正な顔立ちの中で静かに燃えているのは深紅の瞳。

まるで炎をまとっているかのような青年の登場に、二人の侍女は怯えてしまったらしい。

ただリリスはその美しい紅に魅入られたかのように見つめていた。

（うわー！　夢で見たよりもすごく綺麗！）

紹介されるまでもない。彼がきっと皇太子ジェスアルドだろう。

リリスが微笑んで挨拶をしようと思ったところで、ジェスアルドが先に口を開いた。

「フロイトの姫君、ようこそ我が国、エアーラスへ。私はエアーラス帝国皇帝ラゼフが第一子、ジェスアルドと申します」

馬車から降りるために差し出された手を無意識に取り、リリスはジェスアルドをただただ見つめていた。

ジェスアルドは薄暗い馬車の中から降り立ったリリスの顔を目にして、わずかに眉を寄せたように思えたが、一瞬後には何事もなかったように無表情になる。

リリスが頭を傾けて見上げなければならないほど、ジェスアルドは長身ですらりとした印象ではあるが、すぐ隣に立てば広い肩にがっしりとした体つきであることがわかった。

そのうえ、リリスの手に添えられている手は左であるにもかかわらず、剣だこがある。

(殿下は左利きなのかしら……。あれ？　でも剣は左腰に佩(は)いているし……)

そんなことを考えていると、ジェスアルドの背後から血相を変えて駆け寄ってくる兄のエアムに気付いた。

(お兄様が焦っているなんて……。ああひょっとして殿方のお顔をまじまじと見ていたのがダメだったのかも……。めんどくさいなー)

心の中で淑女なんてとぼやきながら、しおらしく目も合わせないほうがいいだろうと顔を伏せた。

ジェスアルドは、そんなリリスの様子を目にして、皮肉めいた笑みを浮かべた。

言葉もなく自分の顔を呆然と見つめていたリリスの態度に、やはりと思ったのだ。

自分の不気味な容姿を見るのは耐えられないのだろう、と。

そして急ぎやってくるエアム王子に向き直る。

エアム王子は、ジェスアルドがここまで迎えに来ることを伝えていなかったばかりか、紹介もなしにいきなり妹王女に近づいたことを心配しているようだった。

そして、俯いてしまったリリスを庇うように立ったエアム王子と話をしながら、ジェスアルドは帝都に着くまでにこの婚約を解消しなければと決意していた。

＊＊＊

「ああ、もう！　つかれたー！」

叫んだリリスは、ぽふっと柔らかなソファへと身を沈めた。

あの後すぐに現れた城代に部屋まで案内してもらい、念のためと譲らない護衛騎士たちが部屋を検分した後、部屋付きのメイドを下がらせ、テーナとレセの三人だけになってから、ようやく一息ついたところだった。

本当なら隣の寝室にある豪奢なベッドへ飛び込みたいくらいである。

だが、まだこの後には簡単な歓迎晩餐会があるらしいので、やめたほうがいいだろう。

「リリス様は……本当に恐ろしくないのですか？」

「ええ？　ひょっとしてジェスアルド殿下のこと？」

勢いよく座ったソファに謝罪するように、ダマスク織の色鮮やかな絹地をそっと撫でていたリリスは、「またなの？」とばかりにレセに問い返した。

「あの……噂には聞いておりましたが、やはり私にはどうにも恐ろしくて……」

「確かに、あそこまで噂どおりだとは思いませんでしたねぇ。〝紅の死神〟と呼ばれている理由がわかりましたよ……」

レセがためらいがちに言うと、テーナがしみじみと呟いた。

今はすっかり少なくなったが、ほんの十年ほど前まではエアーラスはよく戦をしていた。その頃から呼ばれるようになったジェスアルドの異名は有名である。

当然、リリスも耳にしたことはあったが、二人の言葉には納得できず、ソファを撫でていた手を止めて顔を上げ、眉を寄せた。

「……何度も言うけれど、噂は噂よ。私は綺麗だと思うわ」

「まあ……リリス様がそのように思われるのでしたら、私どもがこれ以上申すことはございません。失礼いたしました」

「申し訳ございませんでした」

二人の気持ちもわからないでもないリリスは、謝罪を素直に受け入れた。

基本的にこの世界の人間は茶色か黒に近い色の瞳が多い。

リリスのように緑や、ダリアの青色はとても珍しいのだ。

髪の毛も濃い色が多く、ダリアの金色の髪はそれだけで憧れの対象になっている。

フロイト王国に色素が薄い人間が多いのは、夏が短いこのあたりの土地に遥か昔から住んでいるためらしい。

他の国の者たちは人口が増えるとともに、移動してきたのである。

だからフォンタエ王国は歴史ある国と胸を張っているが、このホッター山脈の麓では新参者と言ってもよかった。

昔からこの地に住む者は争いを好まず、のんびりした性格が多い。

そのため、新参者たちに土地を追われ、一番住みにくいフロイトの地に気がつけば集まっていたのだ。

しかし、これ以上は土地を守らなければならないということで立ち上がったのが、ドレアム一世である。

そして、初代国王として、フロイト王国を興したのだった。

そんなフロイト王国でも赤い髪は珍しく、さらには紅い瞳など、今までに見たことも聞いたこともなかった。

だがリリスにとっては、むしろ紅い瞳はとても綺麗に思えた。——エアーラスの皇太子の噂以外では。

今まで現実夢で色々な世界の色々な人を見てきたせいか、そこまで驚くほどのものではない。

異世界には角が生えている人間だっていたし、獣人と呼ばれる人間だっていたのだから。

初めて二足歩行の犬を見たときには驚いたし、言葉を操って普通に人間と接しているのはさらに驚いた。

ただ、そのような世界にはあまり行くことができないのが残念である。

（異世界には魔法とか科学とか、色々と便利なものがあるものね。ただこの世界にはないんだから、仕方ないわ。できそうなことをメモして利用するしかないんだもの……）

そんなことを考えているうちにソファでうとうとしていたらしい。

遠慮がちなテーナの声で目が覚めた。

「申し訳ありません、リリス様。お休み中にお声をかけてしまうなど……」

「いいのよ。無理に起こされない限りは大丈夫なんだから。夢も見ていなかったし。って、眠るつもりなんてなかったのに……。起こしてくれて、ありがとう。晩餐会の準備よね？」

「はい。湯の用意はできておりますので、こちらへ……」

慣れない部屋のため、テーナの案内で浴室へと向かう。

それから晩餐のための準備に入ったのだが、やはりというか何というか、仕上がった自分を鏡で見て、リリスはため息を吐いた。

せめてダリアの半分でも美人だったら、もっと自信を持って晩餐会に臨めるのに。

（アルノーだって、私のことを妹じゃなくて……）

そこまで考えてはっと我に返った。

これから未来の夫となる人に会うのに、未練がましく初恋の人のことを考えるなど不謹慎である。

だが、リリスは先ほどのジェスアルドの態度を思い出してため息を吐いた。

わざわざ馬車まで出迎えてくれたけれど、リリスの顔を目にして一瞬眉を寄せたのは、きっと肖像画と違ったからだろう。

さらにその後は、ずいぶん慇懃な態度を崩すことなく、にこりとも笑わなかった。

（まあ、あれだけ嫌がっていたものねえ……。しかも、私が美人だったら絆されたかもしれないけれど、これじゃあねえ……）

もう一度鏡に目を向けて、ため息を吐きそうになり、今度は我慢する。

幸せが逃げては大変だ。

たとえ押しかけ女房でも、幸せになってみせる。

そう決意したのだから、頑張らなければ。

リリスがこっそり奮起したところで、エアムが迎えにやってきた。

「もう準備はできたかい？」

「ええ、お兄様。大丈夫よ。それにお腹もぺこぺこなの」

「そうか、それはよかった。ここはマチヌカンとの交易も盛んだからね、きっと美味しい料理がいっぱい用意されていると思うよ」

リリスが緊張しないように、エアムは明るく話しかけてくれる。

その気遣いに答えながら、リリスはエアムのエスコートで正餐の間の隣にある控え室へと入った。

そこで食前酒を飲みながら色々な人たちと会話を楽しんでいるふりをしていたが、いよいよジェスアルドが近づいてきて腕を差し出した。

「アマリリス王女殿下、席までご案内いたします」

「……ありがとうございます。ジェスアルド殿下」

正餐の間ではもちろん席は隣である。

これからの時間を、この不愛想な皇太子と過ごすのかと思うと少々気が滅入るがやるしかない。

この食事の間だけでなく、これからの長い人生を一緒に過ごすことになるのだから。

(最初が肝心。やってみせるわ!)

初めの乾杯が終わり、食事が運ばれると、会話が始まる。

リリスはごくりと唾を飲んで、ジェスアルドへと満面の笑みを向けたのだが、あえなく撃沈することになった。

何度も何度も笑顔を浮かべ、懸命に会話の糸口を探して話しかけたのに、ジェスアルドから返ってきたのは「そうですね」「そうですか?」の二語のみ。

さすがにそれは少々大げさかもしれないが、似たようなものだった。

ジェスアルドに歓迎されていないことはわかっていたが、こうして受け入れたのだから、もう少し打ち解けようとしてくれるのではと期待したが甘かったらしい。

そしてようやく気づまりな晩餐会から解放されたときには、リリスは疲れ果てていた。

どうにか寝支度を済ませて、ぽふっと柔らかなベッドへ身を沈める。

(むう……殿下ってば、なかなか手強いわね。でもめげない。どうにかあの不愛想な顔に笑みを浮かべさせてみせるんだから！）

常に前向きなリリスは、ジェスアルドをどうやって笑わせようかと、少々方向違いのことを考えながら眠りについた。

そして見た現実夢は異世界の〝お笑い〟というものだった。

6

「出発できない？」

「はい。ご迷惑をおかけしますが、妹にはもうしばらく休息が必要ですので」

翌日、明日には帝都に向けて出発する予定だと告げたジェスアルドに、エアム王子は答えた。

ここのところ強行軍だったうえに、先ほどもまだリリスは眠っていると聞いて、エアムはもう少しゆっくりさせたいと思っての判断だった。

だが、ジェスアルドは不満そうに顔を曇らせる。

「……そのようにか弱い体で、私の妃が務まるのだろうか？」

「この縁談は貴国が望まれたことでしょう？　あいにく、もう一人の王女であるダリアはすでに婚約者がおりますので、アマリリスに決まったのです。アマリリスの健康状態については皇帝陛下にお伝えいたしましたが、それでもかまわないと陛下はおっしゃってくださいました。ですが、殿下には別のお考えがおありのようですね？」

「これは……私の意向ではない」

「では、そのように皇帝陛下にお伝えくだされればよいのです。私たちは、――城に仕える者たちも皆、アマリリスを愛しています。本来ならば手放したくなどなかったのです」

「それならなぜこの条件をこんなにも簡単に受けたのだ？　もっと交渉のしようがあっただろう？」

「それは……アマリリス自身が貴国へ、あなたの許へ嫁ぐことを強く望んだからです。我がフロイト王国のために。あの子は少々……いえ、かなり変わっているところもありますが、得難き宝と言っても過言ではないでしょう。いずれ殿下もあの子のことをご理解くださるとは思いますが……。そのためにもどうか、もう少しあの子に優しく接してやってはくださいませんか？」

　エアムの言葉に、ジェスアルドはしばし黙り込んだ。

　しかし、次に口を開いたときには皮肉な笑みを浮かべていた。

「……努力はしよう。だが、約束はできない。むしろ彼女のほうが私を避けることだってあり得るのだから」

「いいえ、そのようなことは決してないでしょう」

「どうだかな……」

　自嘲して立ち去るジェスアルドを、エアムはその場で見送り、大きくため息を吐いた。

　どうやらジェスアルドはかなり頑固なようだ。

　心を閉ざしていると言ったほうがいいかもしれない。

それは亡くなったコリーナ妃に関係があるのかもしれないと思うと、リリスの前途を思ってエアムは顔をしかめた。

（やはり、この縁談にもっと反対するべきだったな……）

リリスの見た現実夢の話に急かされるように、父王をはじめとした家族は同意してしまったが、いっそのこと今からでも連れ帰ろうかとも思う。

しかし、約束を反故（ほご）にするなどできるわけもなく、エアムはもう一度大きくため息を吐いた。

そしてその頃のリリスといえば――。

夢で見た〝お笑い〟をテーナたちに披露してみせたのだが、気の毒そうな視線が返ってきただけ。

リリスは夢の中で大笑いしたのに、やはり〝芸人〟とリリスでは技量が違うのだろう。

「リリス様……。その〝お笑い〟を習得なさってどうなさるおつもりなのですか？」

「あら、決まっているじゃない。皇太子殿下にお見せするのよ」

「はいっ⁉」

思いもよらないリリスの発言に、珍しくテーナは声を上げた。

リリスの発想は常に変わっているが、今回は頓狂にもほどがある。

テーナは何度か深呼吸を繰り返し、いつもの落ち着きを取り戻して微笑んだ。

「リリス様、当初の小悪魔作戦はどうなさったのですか？」

「もちろんそれも実行するわよ。ただその前に、お笑い作戦を――」

「やめてください」

「……どうして？」

「それは……その……非常に申し上げにくいのですが……」

「何？」

「リリス様のお見せくださる〝お笑い〟なのですが、……面白くありません」

「嘘！　あんなに面白かったのに⁉」

テーナから打ち明けられた言葉に、リリスは衝撃を受けていた。

そんなリリスを心配そうに見つめながらも慣れてはいるので、テーナはもう一度大きく深呼吸をして問いかけた。

「そもそもなぜ〝お笑い作戦〟などを考えられたのですか？」

「だって、ジェスアルド殿下はちっとも笑ってくださらないんだもの。にこりとも、にやりとも」

「確かに……」

テーナが見かけただけでも、精巧な人形かと思うほどにずっと無表情だった。

ただ口を動かして話しているので、生きているのだとわかる。

さらにごくまれに不機嫌そうに顔をしかめているのも見かけたが、少しでも口角が上がったところは、まだフロイト側の人間は誰も見ていない。

リリスは帝都までのこれからの旅の間に、少しでもジェスアルドとの距離を縮めようと思っているのだが、その機会があるのかと不安になってきた。

（あーもう、めんどくさいなー）

しきたりとは面倒なもので、結婚前の男女はあまり親しくするべきではないとされている。

二人きりで過ごすなどもってのほかなのだ。

だからこそ、恋人たちは隠れて会わなければならないし、それがまた恋心を刺激するのだろう。

今ではすっかり公認の仲になってしまったダリアとアルノーは、かえって一緒に過ごせなくなってしまったと、ダリアが手紙の中で嘆いていた。

そういうところが、ダリアは素直で可愛い。

ダリアがみんなに——アルノーに愛されているのは、その美しさだけが理由ではない。

基本的にはおとなしく、純真で優しいのだが、時には我が儘を言うこともある。

そのギャップがまた可愛らしく、みんなほいほいと言うことを聞いてあげたくなるのだ。

（うーん、やっぱり小悪魔作戦でいくべきか……）

旅の途中で読んだ指南本に書かれていたことは、かなりダリアに当てはまっていた。

ダリアは特に意識しているわけではないのだろうが、リリスにはなるほどと納得せずにはいられなかったのだ。

（よし！　明日から実践してみよう！）

帝都まではあと五日。

結婚式まではあと八日。

馬車での移動中は会うこともできないだろうが、夕食だけはエアムも交えて必ず一緒にとると聞いたのでチャンスはあるはずだ。

少しでもジェスアルドの笑顔を見たくて方向性の違うことに意識を向けてしまったが、それはそれでいつか役に立つだろう。

と、おそらくそんな日は来ないのだが、リリスは指南本をまた手に取った。

＊　＊　＊

【――いつもより長く、じっと見つめましょう（できれば上目遣いが望ましい）】

との、指南本の指示に従って、隣に座るジェスアルドをじっと見つめていた。

そして、その視線にジェスアルドが気付いて振り向くと、ちょっとだけ見つめ合ってから何も言わず目を逸らす。

（よし！　これで完璧！）

これを数度繰り返して、この日の夕食は終わった。

そしてリリスは、指南書どおりにできたと得意げな気分で割り当てられた部屋に戻ったのだが、寝支度をしているところに、兄のエアムがやってきた。

「リリス、やはりこの縁談が嫌なのかい？」

「もちろんそんなことないわ、お兄様。……どうして？」

「いや、今日は何度もジェスアルド殿下のことを睨んでいただろう？　だからてっきり……」

「ええ!?　睨んでなんていないわよ！　あれは、見つめていたの！　私の気持ちを込めて！」

「……あれが？　……嘘だろ……」

リリスの言葉にエアムはかなり衝撃を受けていた。

いったいお前の気持ちとはどんなものなのだと問いたいところだが、きっと「好意を持っている」という信じられない答えが返ってくることは予想できた。

それがリリスクオリティだ。

だてに十九年もリリスの兄をやっていない。

「あのな、リリス……。お前の兄として、一言だけアドバイスしていいか？」

「ええ、ぜひ」

「ジェスアルド殿下は――エアーラスの人たちは、お前に慣れていない。だから……誤解されないように……頑張れ」

「大丈夫よ、お兄様。今、色々と本を読んで勉強しているところだから。ありがとう！」

リリスは感謝の気持ちを込めてエアムに抱きついた。

その肩越しに、エアムは控えるテーナにあとは任せたと無言で伝えた。

テーナはそんな無茶振りをと、目で訴えたが、頼むとエアムからの切実な視線を受けて、仕方なく頷く。

お笑い作戦よりはましだと思ったが、やはり小悪魔作戦も止めるべきだったようだ。

さて、どうやって説得しようかと、テーナはこの日から頭を悩ませることになるのだった。

7

【――人は自分と似ていると親近感を覚えるものです。(鏡のように、相手と同じ行動をしてみましょう)】

とのことで、次の日。

リリスは出発前の準備に周囲が慌ただしくしている中、できるだけジェスアルドの近くにいた。

(相手と同じ行動を真似る……)

リリスは腕を組んで指示を出しているジェスアルドのように腕を組んで乗り込む馬車を待った。

そこに慌ててテーナが近づいてくる。

「リリス様、そのように腕を組まれるのはおやめください」

「え? どうして?」

「まるで怒っていらっしゃるようですから。あと、足は閉じてお立ちください。幸いスカートで目立ちませんが、やはり……堂々として見えてしまいます。結婚前の女性はもう少し控えめになさらないと……」

「あら……」

テーナに注意されてがっかりしながらジェスアルドにちらりと視線を向けると、彼は訝(いぶか)しげに眉を寄せていたが、すぐに無表情に戻り、目を逸らしてしまった。

どうやらモノマネ作戦も失敗らしい。

「小悪魔っていうのも、難しいものね……」

はあっと深くため息を吐(つ)いたリリスに、やっとわかってくれたかと、テーナは安堵の息を吐いた。

が、もちろんそれは甘い。

「じゃあ、次はさり気なく触れる作戦でいくわ」

「リリス様！　それは絶対になりません！」

「あら、どうして？　男性は女性との接触機会が多いと、『俺に気があるのかな？』って思って意識するようになるらしいのよ？」

「夫以外の男性に、むやみやたらと触れるものではありません。それでは、はしたないと思われてしまいます！」

「ああ、淑女の心得ってやつね。めんどうだわー」

面倒なのはリリスの言動であるが、テーナはそれに関しては何も言わず、ただあの指南本を燃やしてしまおうと心に誓っていた。

「でも、いったいどうしたら、ジェスアルド殿下ともう少しお近づきになれるのかしら……。結婚式まであと七日なのよ？　今までに会話したのなんて、片手で足りるわ。夕食をご一緒させていただいても、いつも殿下は他の方とお話しされているんだもの」

少し落ち込んだ様子でぼやくリリスには、さすがのテーナも同情した。

向こうからこの縁談を望んでおいて、皇太子の態度は酷すぎる。

どうしたものかと考え、そしてここはやはり一番無難で古典的な戦法でいくべきだろうと、テーナは提案することにした。

「リリス様、それでは皇太子殿下にお手紙を書かれてはいかがですか？」

「お手紙？」

「さようでございます。いきなり好きだとかそういう白々しい内容はいけませんが、殿下に興味を持っている、もっと殿下のことを知りたいというお気持ちを手紙に書かれてお伝えするのです」

「なるほど！　それはいい考えね！　どうして今まで気付かなかったのかしら」

「……さようでございますね。ただ、一つだけお願いがございます」

「何？」

「皇太子殿下に書かれたお手紙を渡される前に、私にも拝見させてくださいませんか？」

「テーナに？」

「はい。あの……ほら、手紙というものは、夜などに書くと思いのほか恥ずかしい内容になっていたりするものでございますから。そういうことを避けるためにも、一度他人の目を通したほうが無難かと……」

「そうね！　そのとおりだわ！」

素直に頷いたリリスを見て、これで大丈夫だろうと今度こそテーナは安堵した。

そもそももっと早くに提案するべきだったと後悔もしたが、その後何度もダメ出しをすることになった手紙に、やはりテーナの気苦労は絶えないのであった。

そして、手紙を受け取ったジェスアルドはというと――。

ありふれた無難なことしか書かれていない内容に、鼻で笑った。

いかにも誰かに〝書かされた〟感が伝わってくる。

大方、兄のエアムあたりなのだろうが、先日の夕食の席で睨んできた態度といい、次の日の馬車に乗り込む前の横柄な態度といい、王女がこの結婚をよく思っていないのは明らかだった。

式が近づいてきているために、彼女の苛立ちもあらわになってきているのだろう。

ジェスアルド自身、破談にできずに苛立っているのだから。

病弱だとは聞いていたが、予想以上に小柄で儚げな王女の姿に驚かされたのは、ジェスアルドだけではないはずだ。

しかし、美しいというより可愛いと形容するに相応しい容姿でいながら、鮮やかな緑色の瞳には強い意志が映し出されている。

おそらく、このたびのフォンタエ王国との諍いがなければ、自国で幸せに暮らせたであろう王女のことを思い、ジェスアルドから本音が漏れ出た。

「気の毒なことだな……」

「はい？　何かおっしゃいましたか？」

「いや、何でもない」

ぽつりと呟いたジェスアルドの声に反応して、側近であるフリオが読んでいた書類から顔を上げた。

フリオはジェスアルドが心を許している数少ない友人でもある。

だがこのたびの縁組を喜んでくれているフリオをがっかりさせたくなくて、ジェスアルドは自分の心情を打ち明けてはいなかった。

そのため、何事もなかったようにリリスからの手紙を処理済みの箱へと移し、忘れることにした。

＊　＊　＊

「おかしい……」

「何がですか？」

「手紙の返事が来ないわ」

「……皇太子殿下からですか？」

「ええ。手紙を出してからもう二日も経つのよ。普通、嘘でも何でも儀礼的な返事くらいはくれるものじゃない？」

「そうですね……」

馬車の中で呟いたリリスに、テーナも確かにと眉を寄せて答えた。

これはもう間違いなく、皇太子はリリスを蔑ろにしている。

はっきり言葉にしなくても明確な事実に、テーナとレセはちらりと目線を合わせた。

「で、ですが、皇太子殿下はお忙しい方のようですから、意外とうっかりなさっていらっしゃるのかもしれませんよ？　今日、ようやく帝都に到着しますが、今までもずうっとお仕事をなさっておられましたもの」

「そ、そうね。その可能性は大きいわよね。何しろずうっとお一人でいらっしゃったんですもの。女性との噂も聞きませんし」

どうにかリリスを慰めようとレセが口を開くと、テーナも同意して頷いた。

苦し紛れのせいかテーナの口調はレセにつられている。

そんな二人をちらりと見て、リリスは大きくため息を吐いた。

「いいのよ、別に慰めてくれなくても。わかっているから。これは政略結婚だし、殿下が私にまったく興味を持たれていないことも、この道中で十分に思い知らされたもの」

リリスは変わっているが、馬鹿ではない。

どこか悟りを開いたようなリリスの言葉に、二人は困ったようにまた目を合わせた。

「だけど問題はないわ。これは想定内よ！」

「リリス様……？」

「その気のない男性をその気にさせる。これぞいい女の醍醐味！」

「リ、リリス様？」

「殿下が望もうと望むまいと、あと四日で二人は夫婦になるんだもの！　チャンスはいくらでもあるわ！　今に、私にメロメロにさせてみせるんだから！　ジェスアルド・エアーラス、首を洗って待ってなさい！」

狭い馬車の中でぐっと拳を掲げて宣言したリリスに、テーナは呆れて呟いた。

「また変な本をお読みになりましたね……」

レセの笑顔も引きつっている。

そして残念ながら、たまたま騎乗したジェスアルドが馬車の傍を走り抜けるところであり、リリスの言葉を断片的に聞いていた。

どうやらフロイトの王女は寝所で自分を落とすつもりらしい。

そのうち寝首を掻かれないように気をつけなければならないなと、ジェスアルドは考え、リリスがずっと見たがっていた笑みを浮かべた。――とても皮肉げなものだったが。

そして次の日の夕方、リリスたち一行はようやくエアーラスの帝都クリアナに到着し、真っ直ぐに皇宮へと向かった。

「おお……、ようこそ遠いところをいらっしゃった。お疲れであろうから、ひとまずは用意した部屋にてゆっくりしてくれたまえ」

リリスたち一行は、まさかラゼフ皇帝がわざわざ出迎えに現れるとは思ってもおらず、かなり驚いていた。

皇帝もまたリリスの姿に驚いてはいたようだが、それは一瞬で、注意深くしていなければ見逃すほどであった。

（さすが、エアーラスの皇帝陛下ともなると、感情を隠すのも上手いわね）

自分の容姿が肖像画とかなり違うことにショックを受けたのだろうと思いつつ、リリスは今までに受けた王女としての教育の成果を存分に発揮して挨拶をした。

また、この後は盛大な歓迎式典が用意されているのかとちょっとうんざりしていたが、それもないようで、皇帝の心遣いに兄共々婉曲に感謝の言葉を述べる。

それからすぐに豪華な客間へと案内され、リリスはやっと体から力を抜くことができたのだった。

今回はさすがに護衛騎士たちが部屋の安全を検分するなどという失礼なことはしなかったが、テーナとレセがさり気なく室内をチェックはしている。

飾ってある美しい景色が描かれた額縁をひっくり返したり、大きな家具が動いた跡がないかなど。

そこまでしなくてもと思いつつ、それが彼女たちの仕事でもあるのだからと、リリスは用意されたお茶を飲みながらこれからのことをぼんやり考えた。

式まであと三日。

本当にこのまま結婚してしまってもいいのだろうかと。

いや、やはりしなければならない。

たとえ夫となる皇太子に拒まれていても、速やかに同盟をなすためには必要なことなのだから。

（そもそも殿下はちょっと子供っぽいんじゃないかしら。いくら結婚したくないからって、立場的に政略結婚を受け入れなければいけないことぐらい、私だって小さい頃から理解しているんだから）

どうしてあそこまで頑なに拒まれるのかはわからないが、仕方ない。

リリスは王女としてそれさえも受け入れなければいけないのだ。

（ひょっとして、よっぽど前の奥様のことを愛していらしたのかも……。それで奥様に誓ったとか？『二度と君以外に妃を娶らないよ』とかって。……やだ、ロマンチックだわ。って、悲劇的な死をそんなふうに考えてはダメね）

乙女としての妄想を反省して、リリスは不安も押し込めた。

あまり考えると夢に見てしまう。

できれば悲劇を知りたくはない。――本当は知りたいけれど。

眠る前には楽しいことを考えないとと、リリスはフロイトにいる家族のことを思い出しながらベッドへ入った。

しかし、すぐに眠りに落ちたらしいリリスの目の前では、信じられないことが起こっていた。

『コリーナ？　――コリーナ！』

ためらいがちな問いかけは、悲痛な叫びに変わる。

洗面室に座り込んでいた黒髪の女性の肩にジェスアルドがそっと手をかけた瞬間、真っ赤に染まった女性の体が力なく転がったのだ。

近くには血に濡れたナイフが落ちている。

リリスから見ても、女性がもうすでに息絶えているのがわかるのに、ジェスアルドは必死に救命措置をしようとしていた。

そこに異変を感じたらしい侍女と護衛が駆けつけ、大騒ぎになった。

侍女の甲高い悲鳴が耳に障る。

そこではっと目を覚ましたリリスは、汗をびっしょりかいていた。

ひょっとしたら、今の悲鳴は自分が上げたものかもしれない。

そう思ったが、控室からテーナたちの気配は感じられず、どうやら実際に声を出すことはなかったようだった。

エアーラスの皇太子妃が悲劇的な死を迎えたとは噂に聞いたことはあったが、実際に過去を目にして、リリスは動揺していた。

何度深呼吸しても動悸が収まらない。

今までにもつらい場面を目にしたことはあったし、どこかの国の兵たちが戦い、殺し合う場面——戦争を見たこともあった。

だけどそれはいつもどこかの誰かで、実際にはリリスに関わりのないことだったのだ。

結局、自分は何もわかってなどいない。

リリスはベッドから起き上がると、大きくため息を吐きながら、窓を開けた。

夜風が気持ちよく、わざわざテーナを起こして着替えるのも申し訳ないので、そのままリリスは窓から見える星々の瞬きを見つめて体のほてりが冷めるのを待った。

遠くには城壁が見え、夜警のためにかがり火が焚かれている。

見たくないものを見てしまうのは力の代償なのだ。

幼い頃は寝ながら泣き叫んで、乳母たちを困らせたこともよくあった。

だけどこの力のお陰で、フロイトは何度も危機を乗り越えることができたのだから、これくらいは我慢できる。

また明日になったら、何事もなかったように明るく元気になろう。

そう前向きに考えて、ふとリリスは気付いた。

（そういえば……夫婦って一緒に寝るのよね？）

両親も兄のスピリス王太子夫妻もそれぞれ自室はあるが、確か一緒に寝起きしていたはずである。

兄については確信はないが、両親については間違いない。

（それって……まずくない？）

ジェスアルドに力のことは秘密である。

いつ打ち明けるかはリリスに任せると父王からは言われているが、当分は様子を見るべきだというのが家族全員の意見であった。

それはリリスも同意している。

この数日間のジェスアルドの様子を見るに、とても秘密を打ち明けられるような状態ではない。

（一緒に眠ることはできませんって言うべきなのかな……？　でもそれって、事が済んだらさっさと帰れって言ってるみたいだし……。そもそも、事って何？　朝まで事が続くことはないわよね？）

フロイトの城を出発する前日、王妃である母から花嫁の心得は聞かされた。

色々とある中で――大方は小さい頃から教わってきたことだから大丈夫そうなのだが、特に大切な花嫁の務めがあるというのだ。

何でも夜に夫が妻の寝所に訪れるのだが、その際、妻は夫に逆らってはいけないらしい。

全て夫のなすがまま、夫に任せていれば事は終わるので大丈夫だと。

素直に従っていれば、初めは驚くべきことであっても、きっと幸せになれるそうなのだ。

確かに母も義姉も幸せそうなので間違いはないのだろう。

(でも、それって夫婦仲が良好だからじゃないのかしら……。お母様が催されるお茶会などにいらっしゃる夫人の中には、不幸そうな人も何人かいたわ。噂では夫婦喧嘩が絶えないとか、夫が他にも恋人を作っているとかって……)

あの夫人たちのことを思い出すと、だんだん不安になってきた。

今さらながら自分の決断は衝動的だったと、また後悔してしまう。

失恋のショックというか、ダリアとアルノーの仲の良い姿を見たくなかったというのが真実かもしれない。

そう自己分析すると、落ち着いてきて不安も和らいだ。

(訪れるってことは、やっぱり寝所は別々なのよね？　ジェスアルド殿下の様子だと、お父様たちのように朝まで一緒に眠ったりすることはなさそうだし、きっと大丈夫)

結論が出ると、すっかり汗が引いた体が今度は冷えてきたことに気付いて、急いで窓を閉めた。

そしてベッドに戻り、温かい寝具にくるまる。

基本的に能天気なリリスは、この後すぐに眠りに落ち、見たかった家族団らんの懐かしい夢を見て癒やされたのだった。

8

「殿下は、なぜ私を見てくださらないのですか？」

「どういう意味だ？」

「言葉のままの意味です。殿下はお話をされるときも、ちっとも私と目を合わせてくださらない。そんなに私を見るのは嫌ですか？」

「別に……」

リリスは立ち止まると、隣を歩いていたジェスアルドに真っ直ぐ視線を向けた。

ジェスアルドも同じように足を止めたが、やはりリリスを見ることはない。

今二人は、明日の結婚式を前に、皇宮の奥庭を散策していた。

どうしても式を挙げる前に二人きりで話がしたいとのリリスの要望に、ジェスアルドが――というより、皇帝が受け入れ、この時間が設けられたのだった。

「やはり、肖像画とあまりにも違うから怒っていらっしゃる？」

「肖像画？」

「はい。先にお送りいたしましたでしょう？　あれは絵師がちょっとばかり……いえ、かなり修正をしてしまって……むしろ私を見ながら、私の幻想を見て描いたんだと思います。だからかなり美化されていて……実物をご覧になってがっかりなさったのでしょう？」

「……申し訳ないが、その肖像画は見ていない」

「そうですか……よかった……って、よくないです！　未来の花嫁の姿が気にならなかったのですか？　そこは見ましょうよ。興味を持ちましょうよ」

「……アマリリス姫？」

「ああ！　すみません！　ショックのあまり失礼なことを申しました！」

あの肖像画のことを思うと苦々しい思いが込み上げてきて、つい地が出てしまった。

訝(いぶか)しげに問いかけるジェスアルドの、やはり無表情な顔を見てすぐに冷静に戻ったが、彼の返答にはがっかりせずにはいられない。

それほどに興味を持たれていないのかと。

あの肖像画は少しでも印象を良くしようと――かえって逆効果だとは思うが、父王がいそいそと送ったものだった。

おそらく、その肖像画と噂がエアーラスの人たちの期待を高めてしまっていたのだと、ここ数日、リリスは肌で感じていた。

しかし、みんな礼儀正しく何も言わない。

「とにかく、私は殿下とお話をするときには、殿下のお顔を見て話したいのです。それなのにそのようにお顔を逸らされていては、殿下が本当は何をお考えなのかもわかりませんし、これから良好な夫婦関係を築いていくためにも良くないと思います」

「あなたは……良好な夫婦関係を築いていくつもりなのか？　私と？」

「ええ、当然です」

皮肉めいた口調にもめげず、リリスはジェスアルドの目の前にさっと立ち、ぐっと背伸びをしてその両頬を掴み無理やりに目線を合わせた。

その行為に声が聞こえない程度に離れていたテーナや護衛騎士がぎょっとする。

だがそれ以上に驚いたのはジェスアルドだ。

リリスは珍しく不機嫌さを顔に表して訴えた。

「殿下には過去に色々なことがあって、今のお考えになったのだとは思います。ですが、それはそれ。これからそのお考えを少しくらい変えることに不都合はないでしょう？　私を愛してくださいとは申しません。ただせめて、仲良くする努力ぐらいはなさってくださってもよいのではないでしょうか？　でないと私……」

「でないと？」

「皇宮の一番高い尖塔(せんとう)のてっぺんから叫びます」

「は？」

「殿下の悪口を皇宮中どころか、都中に聞こえるくらい大声で叫びますから！」

飛び降りるとでも言うのかと思ったジェスアルドは、予想が外れたどころか、その様子を想像して思わずにやりと笑った。

笑うと気味が悪いと幼い頃から陰で言われていたため、めったに見せることのない口角の上がった顔だ。

すぐにそのことに思い至り、表情を戻したが、どうやらリリスにはしっかり見られたらしい。

「どうしてそんな、つまらなそうなお顔をいつもされているんですか？」

「つまらなそうか？」

「はい。今、殿下の笑顔を初めて見ました。もっとお笑いになればいいのに」

「……それがあなたの策略か？」

「はい？」

「見たくもない顔を無理に見て、無邪気を装い私に興味のあるふりをする」

「おっしゃる意味がわかりません」

リリスには本気で意味がわからなかったのだが、ジェスアルドはそうは思わなかったらしい。

未だに頬に触れるリリスの両手首を摑んで離し、睨みつける。

「私はあなたの——あなたたちの策謀にはまるつもりはない」

「策謀？」

「しらを切らなくてもいい。私を懐柔してどうするつもりかは知らないが——」

「はあ⁉」

リリスは厳しい口調で告げるジェスアルドの言葉を礼儀も忘れて遮った。

わざとではない。

ただ驚きのあまり声が出てしまったのだ。

リリスはまじまじとジェスアルドを見つめ、それからふんっと鼻で笑った。

その王女にあるまじき態度にジェスアルドは眉を寄せる。

だがもう、リリスはこれ以上淑女らしくすることができなかった。

「ちょっと、殿下は自意識過剰じゃありません？」

「何を――」

「確かに、殿下はこの国にとって重要人物ですし、殿下を懐柔できるならしたいと思う方々は多いでしょう。で・す・が、私が殿下を懐柔してどうするのです？　我が故国に繁栄を？　そんなものはもう十分です。むしろそのせいでフォンタエに目をつけられ、窮地に陥ってしまったのですから。この婚姻が成されれば、私たちはエアーラスと同盟を組むことによって、フォンタエから守られます。それで十分なのです。それ以上に何を望むというのです？」

「それは――」

「あ、ひょっとして、私がこの国で威張り散らしたいとか？　そんなのは御免ですからね。できたらひっそり私は眠りたい。できれば皇太子妃という立場を放り出して、一日中ベッドでごろごろしていたいんです！　……ほ、ほら、私……病弱ですから」

怒りのあまり本音を漏らしてしまい、慌てて病弱設定を付け加える。

そんなリリスを、ジェスアルドは疑わしげに見ていたが、結局は何も言わなかった。

「よ、要するに、私は殿下とこの先、少しでも良好な関係を築きたいと……そのために、今日のこのお時間を頂いたのです」

「……あなたの気持ちはわかった。では、私はそろそろ執務に戻らねばならないのでこれで失礼する」

遠くに立つ側近の合図に軽く頷き、ジェスアルドはそれだけを告げて去っていった。

結局、リリスの言いたいことは理解したらしいが、ジェスアルドの気持ちはどうなのかわからないまま。

どうやら、少しでも仲良くなるためのこの散策は失敗に終わってしまった。

(何なの、あれ。あまりにも失礼じゃない?)

リリスはジェスアルドの態度に腹を立て、どすどすと音が聞こえそうなほど足を踏みしめてテーナの許へ戻っていった。

会話が聞こえたわけではないが、テーナは二人の様子から、この結婚が前途多難らしいことを察して漏れそうになるため息を飲み込んだ。

9

「リリス様のこれから続く未来がより良いものになりますよう、私たちはお祈り申し上げております。その、ですからどうか……」

「私は大丈夫よ。ありがとう、テーナ、レセ」

「……では、リリス様。私たちはこれで失礼させていただきます」

「ええ。今日はあなたたちも疲れたでしょう？　ゆっくり休んでね」

「ありがとうございます。それでは、おやすみなさいませ」

結婚式とそれに続く披露宴も無事に終わり、テーナたちが下がった今、リリスは寝室に一人になった。

ここは今朝、客間から移動したばかりの皇太子妃としてのリリスの新しい部屋だ。

色々と探検したいが、それは明日以降でいいだろう。

今は目の前に迫った花嫁の務めが待っている。

テーナとレセには笑顔で大丈夫だと言ったが、本当は心臓が飛び出しそうなほど緊張していた。

昨日、あの散策の後、十数年前に亡くなった皇后の侍女だったという女性から、皇太子妃としての心得を聞かされたのだ。

それは母が何となく濁していたことまではっきりと。

思わず「嘘でしょう?」と呟いたが、女性は眉を上げて返答はせず、ただ淡々と続けた。

そうしなければ子が成せないと聞けば、致し方ない。

受け入れるしかないが、自分にできるのか不安である。

それで夫婦は同じベッドで寝るのかと変なところで納得もしたが、リリスにとって一緒に眠ることはできない。

やはり事が終わればベッドから出ていってくださいと頼まなければいけない。

(大丈夫かな……)

現実夢を見て必ずうなされるわけでもないが、いつうなされるかもわからないので、一緒に眠るとなるとある意味賭けになる。

無理に起こされて戻れなくなっても困るし、場合によってはジェスアルドが傍にいたせいでうなされたと誤解されることだってあるのだ。

(困ったなー。やっぱり打ち明ける? ううん、それはまだダメよ……)

そこまで考えてひらめいた。

リリスは病弱なためゆっくり眠らなければならず、一人がいいと言えばいいのだ。

寝相が悪いとの理由にしようかとも思ったが、それでもかまわないなんて寛大な返事をもらっても困るので、ここでも病弱設定を使うことにした。

「うん。私って天才だわ」

ひとりごちていたリリスは、ふと時計を見て眉を寄せた。

遅い。

宴を退室するときにはまだジェスアルドは宴席にいたが、リリスがあれやこれやと準備をしている間に、もうずいぶん遅い時間になっている。

新郎がいつ退席するべきなのかは知らないが、普通のときでももう寝室に下がっている時間のはずだ。

ベッドの端に座って待っていたリリスは、疲れも出て大きくあくびをすると、ちょっとだけと横になった。

そして、そのまま目を閉じてしまい、次に目を開けたときには、朝陽がカーテン越しに射し込んでいた。

「そんな……」

思わず呟いたリリスは急いでベッドを、続いて室内を見回した。

隣の枕にくぼみはないし、自分は上掛けの上に横になったままで、誰かが親切に上掛けをかけてくれたなどといった様子もない。

要するに、あれから誰もこの部屋に来ていないのだ。

「何なの、それ……」

ひょっとして、ジェスアルドは隣の部屋から覗くだけ覗いて、リリスが眠っているのですぐに自室に戻ったとも考えられるが、そうも思えない。

確かめるすべは一つ。

本人に直接訊けばいいのだ。

花嫁の心得は色々と聞かされたが、二人とも夫の部屋に訪ねてはいけないとは言わなかった。

リリスはずかずかと歩いて隣室に――ジェスアルドの部屋に繋がる部屋のドアを勢いよく開け、狭い通路を抜けて、もう一度勢いよくドアを開けた。

すると、驚いた様子の従僕と目が合う。

(しまった！　顔を洗っていなかったわ……)

手に洗面器とタオルを持った従僕を見て後悔したが今さらである。

リリスはかまわずに視線を動かし、枕にもたれて何かを読んでいるジェスアルドを見つけると、ぎっと睨みつけた。

「殿下！　どうして昨日は――」

言いかけて、ジェスアルドが片手を上げて制したので思わず口をつぐんでしまった。

何だか悔しいが、従僕に出ていくように指示を出しているジェスアルドをまた睨むだけにとどめる。

そして、従僕が出ていくと、ジェスアルドが口を開いた。

「私は個人的なことを、たとえ信頼する者にも知られたくはない」

「あら、それは残念ですね。だって、きっと私は昨日のことを侍女たちに言いますもの」

「昨日のこと？」

「殿下が昨日、部屋にいらっしゃらなかったことです！」

「……それはあなたが恥をかくとは思わないのか？　それとも同情を誘うつもりか？」

「恥？　同情？　別にそんなことはどうでもいいんです。ただ、殿下が義務を放棄したと思われるでしょうね」

「なるほど。義務か……」

リリスが昨夜のことを話すのはテーナとレセだけだ。

きっと心配しているだろうから、何があったか、むしろ何もなかったと伝えたい。

そして二人が他に漏らすことは絶対にあり得ない。

だけど、腹を立てていたリリスはそのことは口にせずにジェスアルドをまた睨みつけた。

「もし今夜、いらっしゃらなかったら、昨日言ったとおり、尖塔のてっぺんから叫びますからね！　殿下の薄情者って！」

言うだけ言って、少しすっきりしたリリスは叩きつけるようにしてドアを閉めて自室に戻っていった。

その奇抜な行動を、ジェスアルドは怒るべきか笑うべきか測りかねて、結局は何事もなかったことにした。

＊＊＊

その夜、妙に意気込んでいるリリスに何を言えばいいのかもわからず、テーナたちは黙って寝支度を手伝った。

それから恐る恐る声をかける。

「それでは、リリス様。私たちはこれで失礼いたしますが……」

「心配しなくても大丈夫よ。今夜こそ、殿下はいらっしゃるはずだから。任せて！」

「……おやすみなさいませ」

もはや新婚の花嫁とは思えないリリスの言葉に、テーナは込み上げる不安を飲み込んで下がった。

皇帝陛下の配慮か、今日は一日用事も訪問者もなく、ゆっくりできたので、室内探検は昼間のうちに終わらせている。

あとはジェスアルドの訪れを待つだけ。

せめて美しく見えるようにと、艶が出るまで梳いてもらった茶色の長い髪の毛を枕に垂らし、一応の時間つぶしに用意した本を手に取った。

そして待った。とても待った。

はっと目が覚めて時計を見れば、もう深夜である。

（いつの間に寝てしまったのかしら……。って、殿下が来ない……）

いくら何でも、今日は昼寝もたっぷりしたので、誰かが寝室に入ってくれば気付くはずだ。

ということは、つまり……。

リリスは膝の上に落ちていた本をサイドチェストに置くと、ベッドから起き出した。

それから鏡の前に立ち、よだれのあとがついていないかなどのチェックを終えると、ドアへと向かう。

もちろんジェスアルドの部屋へのドアだ。

そっちが来ないのなら、こっちから行けばいい。

単純明快。簡単解決。

どこまでも前向きなリリスは、勢いよくジェスアルドの部屋へのドアを開けた。

「殿下――！」

が、気がつけば喉元に剣を突きつけられていて、一時思考停止。

すぐに動き出した頭で、ひょっとして殿下は刺客に襲われたのではと焦り、慌てて剣の主を目線だけ動かして確認する。

「よかった……。殿下だったんですね」

「……何がよかったのかわからん。私以外に、こんな時間に誰がいる」

「いえ、てっきり刺客かと思いました。でも殿下だったのでよかったって思ったんです」

「……」

ジェスアルドにとっては、まさかと思いつつもリリスが刺客だった場合を考えていたのだが、そのことについては触れなかった。リリスの姿をざっと検分したところ、薄い夜衣をまとっただけで、武器らしきものは持っていない。

「それで、こんな時間に何をしに来たんだ？」

「何を言ってるんですか！　こんな時間だからこそ来たんです。今日は部屋に来てくださいってお願いしましたよね？　どうして来てくれないんですか？」

「……今日は……疲れていたんだ……」

まるで仕事に疲れた中年男性のような言い訳である。

なぜこんな情けないことを言わなければならないのか、ジェスアルドは頭を抱えたくなった。

だが、そんな彼には気付かず、リリスは申し訳なさそうに表情を曇らせた。

「そうだったんですね……。それなのに、こうして睡眠の妨げをしてしまって、すみませんでした。では、私は部屋に戻りますが、次からはその旨を先に伝えていただけると、とてもありがたいので、よろしくお願いします。では、おやすみなさい」

「……ああ」

しょんぼり落ち込んだ様子で自室に戻っていくリリスを見送りながら、ジェスアルドはふと気付いた。

（次？　次から——明日からは連絡しなければいけないのか？）

思わずそんなことはしないと言いかけて、自室に繋がるドアの手前で振り返ったリリスを見て口をつぐむ。

リリスは笑顔で手を振りながら、ドアの向こうに消えていってしまった。

「何だ、あれは……」

リリスの言動はもはやジェスアルドの理解をはるかに超えている。

ジェスアルドもまたドアを閉めてベッドに戻りながら、リリスの兄であるエアムの言葉を思い出していた。

『あの子は少々……いえ、かなり変わっているところもありますが、得難き宝と言っても過言ではないでしょう』

（確かに、かなり変わっている。だが、得難き宝とは……）

そこまで考え、ジェスアルドはふんっと鼻で笑って、枕元に剣を置き、ベッドに横になった。

過去にこの寝室にやってきたのは、警備の網を潜り抜けた手練れの刺客ぐらいである。

中には警備の者に賄賂を渡し、ジェスアルドを籠絡しようとベッドで待ち構えていた女もいたが、そんな者たちでさえ、ジェスアルドと目を合わせようとはしなかった。

それが今朝——もはや昨日の朝だが——リリスは勢いよくこの寝室に入ってきて、ジェスアルドを睨みつけ、怒鳴りつけた。

先ほども真っ直ぐにジェスアルドの目を見て話していたのだ。

「得難き宝か……」

思わず声に出していたことに気付いて、ジェスアルドはまた鼻で笑った。

ばかばかしい。

だが、リリスがかなりの変わり者であることは間違いないようだ。

そう思うと、明日は彼女の部屋を訪れてみようかという気になってきた。

そのときにいったいどういった態度に出るのか、ちょっとした興味が湧いたからだった。

10

『新婚生活はどうだ？』

『……特にどうということはありませんが』

『なんだ、冷たいやつだな。アマリリス妃はあんなに可愛らしいうえに、お前に笑顔を向けていたではないか。それなのに、お前ときたら目も合わせず……。こんなところにいないで、さっさと妃に会いに行ってこい！』

そうだ、そうだ！

と、心の中で大きく同意して、リリスは皇帝陛下とジェスアルドのやり取りを見ていた。

とはいっても、ジェスアルドに今、会いに来られては眠っているので困るのだが。

——結婚式から二日後。

やはり今日も予定が入っていなかったリリスは、のんびり部屋で過ごして——お昼寝をしていた。

だが、まだ皇宮内をよく見ていないせいか気になって、夢で歩き回っていたところだった。

ドアをすんなりくぐり抜け、あちらこちらの部屋を見ては感嘆してしまう。

さすが、エアーラス帝国の皇宮だけあって、本当にどの場所も素晴らしいのだ。

こんなふうに夢の中で行きたい場所に、行きたいように行けることは珍しく、思う存分リリスは楽しんでいた。

そこで行き会ったのが、今の場面。

どうやら会議中らしく、二人の他にも数人の男性がいる。

男性たちは結婚式を前に紹介された大臣たちだった。

そして、皇帝と皇太子のやり取りを聞いて笑っている。

その様子から、この大臣たちはジェスアルドを恐れていないのだとわかった。

この数日間、皇宮で過ごしただけのリリスでも、多くの者たちがジェスアルドを恐れているのがわかったのだ。

リリスにはそれが不思議で仕方なかった。

自国の皇太子を、しかも数々の戦功を上げ、勝利に導いてきたジェスアルドに対して、たかが瞳が紅いというだけで、なぜそんなに怯(おび)えなくてはいけないのか。

(うーん、変なの)

そう思っている間にも、会議は進んでいた。

どうやらジェスアルドはリリスに会いに来るつもりはないらしく、その場に残っている。

『問題はホッター山脈の西側に住む者たちですよ。あそこは昔からフロイトのような牧畜にも向かず、わずかばかりの鉱石も今は掘り尽くし、次を担う産業もない。それなのに、彼らはあの場所から移住できないでいるのです』

『そうですなあ。今はまだ鉱石を掘り出す際に伐採した木材を利用した薪や木材製品の収益と、援助物資で冬を越すことができていますが、いつまでも援助するわけにはいきませんからなあ』

『働かざる者食うべからず。とは言いますが、働き口がないのですから仕方ありませんよ。援助金を出して移住させますか？』

『だが、新しい土地で仕事が見つかるとも限らないだろう。しかも住み慣れた土地を離れることを彼らが承知するかどうか。何かこう……鉱石の採掘に代わる産業が見つかればいいのですがね』

そんなやり取りを聞きながら、リリスは頭の中に地図を思い描いた。

ホッター山脈と聞けば、他人事とは思えない。

山脈の西側――鉱石の採掘でかつては栄えていたブンミニの町のことだろう。

『――というわけで、直接トイセンの労働者から訴えが届いているようです』

『そうはいっても、我々にこれ以上どうしろと？　査察官を派遣しても、特に問題は見つからなかったと報告があったばかりですぞ。経営不振のために賃金未払いが発生したからといって、我々が全てを救済することはできないのですから』

気がつけば会議内容は別のものに移ってしまったようだった。

トイセンというのは確か、ブンミニの町の近く、エアーラスの北方地域にある街だった気がする。

エアーラス帝国は、ホッター山脈の麓から南側へと扇のように広がっているのだ。

『だが、このまま放置するわけにもいかないだろう？　その者たちだとて、我が国の民なのだ。トイセンの焼き物が売れないというなら、我々が買い上げればよいのではないか？』

『陛下の民を想われるお心には甚だ敬服するばかりでございます。ですが、我々といっても、貴族たちは皆シヤナ国からの品に夢中になっており、もはやトイセンには見向きもいたしません。それは他国とて同じこと。彼らを救うために、我が国庫に不良在庫を抱えるわけにはまいりません』

『ですが、ブンミニに援助しながら、トイセンを突き放すなどは……』

『では、卸値を下げてはどうでしょうか？』

『それは得策ではないでしょう。今まで積み上げてきた炻器（せっき）の価値まで下げることになり、市場は混乱します。それにたとえ値段が下がったとしても、やはり一般的な民にとっては、落としては割れてしまう焼き物よりも、木材で自作できる木製の器を好むでしょうから――』

誰かの言うシヤナという名を聞いたことはあるのだが、どこにある国なのかがわからない。

あとで確認しようと心の中にメモをして、ジェスアルドの心地よい声に耳を傾けているうちに、リリスは目が覚めてしまった。

起き上がろうとしたものの、酷く体がだるい。

「リリス様、お目覚めですか？　もう起きられますか？　それとも、もう少しお休みになります？」

「……休むわ」

「かしこまりました」

傍に控えていたテーナは、リリスの疲れた顔を見て答えは予想していたようだ。

リラックス効果のある冷たいハーブ水をすぐに用意してくれ、それを飲み干したリリスが横になると、上掛けを整えてくれた。

「ありがとう、テーナ」

「いいえ。どうぞ今度はゆっくりお休みになってください」

優しく微笑むテーナに微笑み返し、リリスは目を閉じた。

テーナは姉のような存在で、傍にいてくれるととても安心できる。

そして、テーナの言ったように、今度はリリスもぐっすり眠ったのだった。

11

「それではリリス様、私たちはこれで失礼いたしますが……」

「大丈夫。今夜こそ、殿下はいらっしゃるから。だって、連絡がなかったもの。便りがないのは元気な証拠よね？」

「……そうだと、思います。では、おやすみなさいませ」

テーナは元気いっぱいのリリスを心配するべきか、ジェスアルドに同情するべきか悩みながらも、無難な返事をして下がった。

昨日はうっかり寝てしまったリリスは、今日はベッドには入らず、長椅子に座ることにした。

リリスはどんなに昼間眠っても、ベッドに横になればすぐに眠れる。

だが、この長椅子もどうにも座り心地がよく、だんだんぼうっとしてきてしまった。

（殿下はまだかしら……。だめ、このままだと眠ってしまいそう……）

夜は眠るもの。

それはリリスの体に染み込んだ習性である。

そのため、リリスは本を読んでも無駄だと悟って、立ち上がると体を動かすことにした。

とはいっても、室内。

ひとまず寝室の中を歩いてみたが、檻に閉じ込められた狼のようでやめた。

次にフロイト城で朝の仕事始めに下働きの者たちがしていた体操をしてみる。

だが、つい掛け声を上げてしまって、慌ててやめた。

何事かとテーナがやってきては困る。

(うーん……どうしよう……)

リリスは悩み、ちらりとベッドを見た。

このベッドはリリスがフロイト城で使っていたものよりかなり大きく、初めて見たときからしたかったことがある。

しかし、絶対にしないようにと前もってテーナに言われていたため、諦めていたこと。

(でも誰も見ていないし、いいわよね。だって、ベッドが私を誘っているんだもの)

リリスはそう結論付けて、ベッドから離れた。

直線で一番距離の取れる場所に立ち、目測で基点を決める。

(うん。あそこで間違いないわ)

リリスは確信すると、勢いよく走り出した。

夜衣は柔らかくそれほど邪魔にならない。

そして基点で思いっきりジャンプ。

手足を真っ直ぐに伸ばし、さながら空を飛んでいるように――実際、宙に浮いて――そのままベッドにダイブした。

大きくて柔らかなベッドは、予想どおりリリスをしっかり受け止めてくれる。

「ふふふ」

宙を飛ぶ解放感と、ついにやってやったという達成感で思わず笑いが漏れる。

そしてジェスアルドは、そんなリリスを唖然として見ていた。

自室でしばらく悩んでいたが、昨夜あれほど来てほしいと言っていたのだから、嫌がることはないだろうと、リリスの寝室へのドアを開けた瞬間。

目にしたのは勢いよく部屋を横切り、ベッドへと飛び込むリリスの姿だった。

（かなり変わっているところもある……得難き宝……？）

ジェスアルドは自分の常識を疑った。

見なかったことにして、そっと帰ろうとしたそのとき、ベッドから起き上がったリリスと目が合ってしまった。

仕方なく諦めて、その場にとどまる。

「あ、あの……」

「……何をしていたんだ？」

「それは……もちろん……」

リリスはジェスアルドの問いかけに焦った。

一番、見られてはいけない人に見られてしまったのだ。

わかっていたのに、すっかり忘れていた。——ジェスアルドを待っていたことを。

だが今さら手遅れであり、リリスはにっこり笑って大ぼらを吹いた。

「ベッドの安全を確認していました」

「……それで？」

「え？」

「確認できたのか？」

「はい、ばっちりです！」

「そうか……」

ジェスアルドに無表情のまま結果を訊かれて、リリスはしっかり頷いた。

どうやら誤魔化せたらしい。

そこでリリスはほっとした。

せっかくジェスアルドが来てくれたというのに、未だ入り口で立たせたままだ。

ジェスアルドははっと青ざめたリリスを見て、やはり自分の姿を目にして気が変わったのだろうと思った。

そのため、まだ手をかけたままのドアノブを握りしめ、自室へ戻ろうとドアを開ける。

しかし、リリスはベッドから飛び下りると、上掛けをめくりぱんぱんとベッドを軽く叩いて整え、にっこり笑った。

「さあ、どうぞ」

「……は？」

「安全ですから、どうぞ横になってください」

「……それがフロイトの流儀なのか？」

「え？　何か間違えましたか？　流儀については、初めてなので詳しくなくて……」

隣の国といえども文化の違いは多々ある。

国によっては高貴な身の令嬢も、夫を操るために房中術なるものを教わっていることもあるらしい。

だがジェスアルドはたった今、確信した。

この姫は変わっているのではなく、おかしいのだ。

年齢からいっても、きっと今まで嫁ぎ先がなく、このたびの縁談による同盟の話はフロイト王にとって幸いだったのだろう。

体よく嫁き遅れの姫をエアーラスに押しつけられたのだから。

話を持ちかけてからの返答の速さにもこれで納得がいく。

結論を出したジェスアルドは、やはり自室へ戻ろうとした。

これ以上、彼女に関わるのはやめておこうと。

「では、殿下が教えてください」

「……は？」

「私は初めてでわからないことばかりです。ですから、殿下が教えてくだされればいいんですよね？　母も申しておりましたから。殿下に全てお任せしていれば大丈夫だと」

「……」

ジェスアルドは生まれて初めて、返す言葉を失った。

それどころか、今すぐこの場から逃げ出したい。

しかし、敵前逃亡はジェスアルドのプライドが許さず、仕方なくリリスへと近づいた。

そして、自分を真っ直ぐに見上げるリリスを抱き寄せる。

「……恐ろしくないのか？」

「えっと……それは……やっぱりちょっと怖いですね」

リリスの返答に、ふっとジェスアルドは笑った。

結局すぐに俯いてしまったリリスの様子から、母親であるフロイト王妃に我慢するように言いつけられたのだろうと。

それでこうして無理をしているのかと思うと、気の毒になってくる。

が――。

「でも、すぐに慣れるとも聞きましたし、大丈夫です。早く殿下との赤ちゃんができるといいですね！」

「……いや、ちょっと待ってくれ……」

何か少しずれている気がする。

ジェスアルドの問いは、自分が――自分の紅い瞳が恐ろしいかと問うたものだった。

だが、リリスの返答はどうやら初夜に対してのものだったらしい。

再び真っ直ぐにジェスアルドを見つめるリリスの緑の瞳は、なぜか期待に満ちている。

もしかして、ひょっとして、まさか、先ほどのリリスの態度が恥じらいだったのだとしたら、それはどこへいった？

ジェスアルドは生まれて初めて、混乱のあまり眩暈がしていた。――ジェスアルドにとって初めて尽くしである。

「もし……本当に、もしもの話としてだが、私との間に子ができたらどうする？」

「可愛がります！　もう、むっちゃくちゃのめろめろに甘やかして……しまいそうなので、そのときは止めてくださいね」

「それは……」

予想していた答えと違う。

どうにか頭を整理し、ここはリリスの話に合わせようと判断したのだが、ジェスアルドはまた間違ってしまったらしい。

ここはもうはっきりと口にすべきだろうとジェスアルドは決意した。

「あなたは私が恐ろしくないのか？　私の瞳は紅く、皆が呪いだと恐れている」

「呪い……とは何だと思いますか？」

「は？」

「世界にはたくさん、呪いだと言われているものがありますよね？　呪いで髪の毛が伸びる人形や、持ち主に死をもたらすダイヤモンドだとか……。それで、殿下の瞳には何かあるのですか？　たとえば目からビームが出たり、目が合った人を石に変えてしまったり？」

「……ビーム？」

はっきり訊いたはずなのに、やはり予想外の反応が返ってきてしまった。

リリスの言葉はわけがわからない。

本当に世界にはそんな呪いの品があるのだろうかと、疑問に思い、つい聞き慣れない言葉を繰り返した。

すると、リリスははっとして手を振る。

「あ、それは忘れてください。とにかく、何かあるんですか？」

「……特にはない……つもりだが、睨みつけると石のように固まってしまうやつはいるな」

「ああ、それは呪いとは関係なく、ただ単に殿下が怖いんですよ。殿下のお顔は綺麗に整っていますからね。美人に睨まれると、普通の人より怖く感じてしまいますもの」

「美人……」

女性のように形容されて、褒められたのか貶されたのかよくわからず、ジェスアルドはぼんやりとリリスを見返した。

もはやすっかり彼女のペースである。

リリスは真っ直ぐにジェスアルドの目を見てにっこり笑うと、ベッドをちらりと見て、すぐ傍にある長椅子を見て、それからベッドへと腰かけた。

そして、ジェスアルドに座るように、とんとんと隣を軽く叩く。

どう考えても、恥じらいある乙女の行動ではない。

「先日も申しましたが、殿下は私をご覧になって、がっかりなさったのでしょう？」

「……がっかり？」

「はい。噂されるような儚げな美人ではありませんから、私」

「いや、特にあなたの容姿については何も……」

「そんなにも私に興味がないんですね。そうですか……」

ジェスアルドは促されるまま隣に座ると、リリスはまたまた予想外の質問をしてきた。

思わず正直に答えれば、リリスは目に見えてしょんぼりしてしまった。

そこでなぜかフォローしなければと思ったジェスアルドは言葉を紡ぐ。

「いや、そうではなく……ただ、あなたの瞳は綺麗だと思った」

「そうですか？　そうですよね？　だって、私の唯一の自慢なんですもの。よくエメラルドのようだって褒められるんです。よかった。せめて、それだけでも目に留めてくださって」

萎れた花が水を得たように、途端に元気になったリリスがおかしくてつい笑ってしまった。

にやりと口角を上げただけだが、リリスはさらに顔を輝かせる。

「殿下はもっと笑うべきです」

「何だと？」

「先日も申しましたが、殿下の笑顔をほとんど見たことがありません。きっとこの皇宮の人たちもそうですよね？　だからとっつきにくいんじゃないですか？　いつも不機嫌な人って近寄りがたいっていうか……。でも本当は憧れもあるかも。だって、殿下の瞳はルビーのようでとても綺麗ですからね！」

「……何を言ってるんだ？」

「ですから、私は殿下の瞳はルビーのようで、とても綺麗だと言っているんです。この赤い髪と合わさって、ちょっと幻想的でさえありますもの。人は美しすぎるものには畏れを抱きますから」

急に不機嫌になったジェスアルドにかまわず、リリスは手を伸ばして赤い髪に触れた。はっと身を引いたジェスアルドの態度に、リリスも慌てて手を下ろす。

「すみません、勝手に触ったりして……。でもあまりに綺麗だから、つい……」

「あなたは本気で言っているのか？」

「本気？　もちろんです。どうしてそのようなことをお訊ねになるんですか？」

「それは……」

本当に不思議そうに問いかけるリリスに、嘘はないように見える。

それともやはり嘘なのだろうか。

だとすれば、よほど演技が上手いのだろうが、それならば先ほどからの奇妙な言動とは辻褄が合わない。

やはり最初に結論を出したとおり、この姫はおかしいのだ。

それできっと皆が恐れる自分の瞳を綺麗などと言うのだろう。

ようやく納得したジェスアルドは、急に立ち上がった。

「あなたには申し訳ないが、私は子はいらぬ。後継者には従弟のコンラードがおるゆえ、問題もないだろう。とはいえ、あなたにも立場があるだろうから、そのあたりはできる限り私が上手く取り計らおう。ただ、どうしても口さがない者たちはいる。それは覚悟しておいてくれ。それ以外では、あなたを煩わせないよう私があなたに干渉することもない。だからどうか、この皇宮で好きなように過ごしてくれ」

「殿下……？」

「では、よく休んでくれ」

リリスは呆然としたまま、寝室から出ていくジェスアルドを見ていた。

何が悪かったのかよくわからない。

（いや、全てかも……）

ベッドに横になりながら考えれば、あれもこれもと反省しきりだ。

たぶん、嫌われたわけではない。

最後の言葉を徐々に理解するとともに、リリスはそう思った。

ただ、やっぱり、どうしても……。

(私って、愛とか恋とかには縁がないのかな……)

男性好みの研究をしても、結局は上手くいかない。

このままリリスはお飾りの皇太子妃として、キスも知らないで生きていかないといけないのだろうか。

(って、そんなのいやー!)

心の中で大きく叫んだリリスは、次なる計画を考えながら、眠りについた。

12

ベールをかぶった花嫁を、まだ年若いジェスアルドが照れながらも見つめていた。

その顔には喜びが浮かび、花婿らしい幸せを感じているようだ。

花嫁の表情は見えなかったが、ずっと俯（うつむ）いたままなのはきっと恥じらっているのだろう。

傍（はた）からはどう見ても、二人は幸せそうな新郎新婦だった。

「――って、なんじゃそりゃー！」

その傍から見ていたリリスは目覚め一番にそう叫んだ。

あの冷めたジェスアルドにあんな初々しい時代があったなど、リリスは信じられなかった。

（やっぱり殿下は、コリーナ妃のことが忘れられないってこと……？）

そう考えると、あのとき本当は何があったのか、リリスは知りたくなった。

だが、ジェスアルドに訊くことなどできない。

どうしたものかと悩んでいると、テーナが心配そうに控えの間から顔を覗かせた。

「……リリス様、大丈夫ですか？」

「ええ、大丈夫よ。ただ傍観者になりきれなかったの」

リリスが起きていることを確認してから声をかけるテーナに笑って答え、リリスは起き上がった。

いつもより少し早いが、今日は兄のエアムがフロイトに向けて出発するのだ。

きちんと身支度を整えて、エアーラスの皇太子妃としてリリスは見送るつもりだった。

心配ばかりかけている兄に安心してもらうためにも、しっかりしなければと気合を入れる。

「……ねえ、テーナ、レセ……」

「はい、何でしょう？」

「あのね、非常に申し訳ないんだけど……ちょっと噂を仕入れてきてくれない？」

「噂、ですか？」

珍しいリリスの頼み事に、支度をしてくれていたテーナもレセも驚いて顔を上げた。

そんな二人に、リリスは尻込みしながらも続ける。

「コリーナ妃の……亡くなった理由を知りたいの……」

「あの……それでしたら、実は何度か耳にしておりますが……」

「え？　そうなの？」

「はい……」

遠慮がちなレセの言葉に、今度はリリスが驚いた。

テーナの反応からしても、どうやら二人とも噂は聞いていたらしい。

「それで、内容は？」

「内容は……」

「やはり噂というか、様々な憶測が入り混じり、はっきりとした理由はわかりません。公式には事故と発表されたそうですが、多くの者はコリーナ様は殺されたのだと信じているようです」

「殺された？　誰に？」

言い淀むレセの代わりに、テーナがきびきびと答えてくれた。

そのほうが事務的で、ただの噂だと強調できるからだろう。

だがリリスは、その内容に眉を寄せた。

フロイト王の父からは、コリーナ妃自ら命を絶ったと聞いたのに、やはり噂はあてにならない。

「リリス様、そのようなお顔をされては、お化粧が崩れてしまいます」

「あ、ごめんなさい」

「……いいえ、お気になさらず」

一国の王女が――皇太子妃が侍女に謝罪など簡単にするものではないのだが、テーナはそれについては何も言わなかった。

フロイト王家の者たち全員がこのような調子であり、今さら注意してもリリスは納得しないだろう。

テーナはため息を飲み込んで、話を続けた。

「噂では、ジェスアルド殿下に恨みを持つ者が侵入したのだとか、コリーナ様自身が……自ら死を選んだなどありますが……中には、ジェスアルド殿下が怒りに任せて手をかけられたのだと」

「殿下が怒りに任せて？　そんなことあり得ないわ」

リリスが夢で見た状況では、そのようなことは考えられない。

ジェスアルドはコリーナを必死に助けようとしていたのだから。

「もちろん、私たちはリリス様を信じます。ただ、コリーナ様は亡くなられる少し前から、『私は死神に殺される』と何度もおっしゃっていたそうです。また殿下も噂を否定なさらないので、ますます皆が信じてしまったようです」

「そう……」

テーナの話にリリスはぼんやりと答えた。

何となく、ジェスアルドは全てを受け入れて——諦めてしまったのだろうと思えたのだ。

「ですが私は、コリーナ様は少しおかしくなられていたんじゃないかと思います」

「おかしい？」

レセにしては珍しくきつい口調に、リリスは我に返った。

「コリーナ様はご結婚後、お部屋に籠りがちで、人前に姿をお見せになっても、お話しすることも笑うこともなかったそうです。それを人々は呪いだと噂したそうですが、お亡くなりになる前には急に笑い出したり、泣き出したり大変だったと、コリーナ様付きだった侍女が申しておりましたから」

「……それって、私も部屋に籠りがちだから、またジェスアルド殿下の呪いだって言われるのかしら……」

「正直に申しますと、もうすでに噂されております。おまけに私たちまで心配されているんです」

「あら……」

「ですから、私たちも言い返しておきました。リリス様は元々お部屋に籠りがちな方ですし、お体は病弱ではありますが、呪いなどは跳ね返してしまわれるほどにお心は丈夫な方です。と」

「あら……」

褒められている気はしないが事実なので何も言えない。

ただそれなら今日は皆の前で思う存分笑っていようと決意した。

そして、いよいよ兄たちが出発となったとき――。

先ほどの決意も虚しく、やはり兄との別れはつらく、涙が込み上げてきていた。

「お兄様……どうか、お気をつけてお帰りになってくださいね。それと、お父様とお母様、

スピリスお兄様にお義姉さま、ダリアとリーノと、お城のみんなにも、くれぐれもよろしくと……私は大丈夫だと伝えてください」

「わかったよ、リリス。もちろん、みんなにはちゃんと伝えるから安心していい」

涙ぐむリリスの頬に手を当て、エアムは困ったように笑いながら涙を優しく拭った。

それから軽く抱きしめる。

「だけどね、リリス。お前が無理をする必要はないんだ。もしつらかったら、耐えられないのなら、気にせず国へ帰っておいで。後のことは何とでもするから、心配しなくていい」

「お兄様……」

リリスの耳にそっと囁く兄の言葉に驚いて、リリスは身を引いた。

エアムの顔には冗談の気配もない。

リリスはまた泣きそうになったが、すぐにその顔を笑みに変えた。

「お兄様こそ、心配しないで。私は大丈夫ですから。本当に……」

「……うん、そうだね。馬鹿なことを言って悪かったね。じゃあ、元気で暮らすんだよ。僕たちはいつでも、お前のことを想っているからね」

「ありがとう、お兄様。では、お気をつけて」

「ああ、じゃあまたね」

最後は笑って、リリスはエアムと別れることができた。

そのいじらしさに、エアーラスの者たちはリリスへの同情を強くしたのだった。

13

「私、子供が欲しいの」

「はい？」

「リーノのような可愛い赤ちゃんを産みたいの」

「……確かに、リーノ殿下はお可愛らしいですが……突然ですね」

「突然じゃないわよ。ずっと子供は欲しいって思ってたの。ただ、相手がいなかったから言わなかっただけ」

「それはそうですね……」

一国の王女が正式な婚約者もいないのに、子供が欲しいなどと言えないのは当然だった。

だがリリスには今、夫がいるのだ。

このような発言も間違ってはいないが、テーナはどう答えたものかと悩んだ。

「実は……コリーナ様が亡くなられたときの噂ですが……」

「何？　まだ何かあるの？」

リリスの寝支度を手伝いながら、テーナは言いにくそうに口を開いた。

やはり全てを伝えておくべきだと判断したのだ。

そんなテーナの様子に、リリスは興味津々で問いかける。

「正式に発表されたわけではないので、あくまでも噂ですが……コリーナ様はご懐妊されていたのではないかと……」

「え……？」

少々のことでは動揺しないリリスもさすがに言葉を失ったようだった。

言うべきではなかったかとテーナは後悔したが、いずれは知ることになるのだからと思い直す。

「確かではございません。あくまでも噂ですので」

「ええ、わかっているわ。教えてくれてありがとう、テーナ」

リリスは無理して笑顔を作ると、テーナにお礼を言って下がってもらった。

もちろんテーナもリリスの嘘臭い笑顔には気付いていたが、「おやすみなさいませ」とだけ述べて下がる。

リリスも一人になると寝室に入り、ベッドに腰かけて深く息を吐いた。

（コリーナ妃が妊娠していたかもしれないなんて……）

そう考えて、あの場面を思い出し、ぞっとした。

もし本当にコリーナ妃が妊娠していたのなら、ジェスアルドはどれほどのショックを受けただろう。

それで「子はいらぬ」などと言ったのだろうか。

(そうよね、子供ができただなんて、一番幸せな時期だったでしょうに……)

リリスは母がダリアを妊娠したときのことを何となくだが覚えていた。

リーノに関してははっきり覚えている。

そして、そのどちらも母はもちろん、父も家族みんなもとても喜んだのだ。

(でも、妊娠中の女性の中にはそうじゃない場合もあるのよね。体の変化に心がついていかないとか何とかで……。確か、どこかの世界でマタニティーブルーって言ったかしら?)

怒りっぽくなったり、涙もろくなったりすると聞いたことがある。

それならば、レセの言っていた話とも辻褄が合う。

まさかそれが悪化して、自分で命を絶ったのだろうか。

そこまで考えて、リリスは慌てて否定した。

(ううん、そんなことないわ。そんなの悲しすぎるもの。きっと、あれは誰かが……)

考えれば考えるほど、あまりの悲劇に落ち込んでしまう。

寝る前にこれではダメだと、リリスは勢いよく立ち上がった。

こんなときには体を動かすに限る。——と思ったものの、昨夜の失敗を思い出し、気分転換にレセが用意してくれていたハーブ水を飲むだけにした。

(ああ、みんなに会いたいなあ。それから、リーノのぷにぷにほっぺにいっぱいキスして、ぎゅっと抱きしめたい!)

今朝、エアムに大丈夫だと言ったばかりなのに、リリスはもうホームシックになっていた。

そもそも子供が欲しいと強く思うようになったのは、リーノの存在があったからなのだ。

一年前にリーノが生まれてから、かなりの時間を割いて面倒を見てきた。

リーノも姉であるリリスによく懐(なつ)いてくれているが、やはりここぞというときには母でなければダメなのだ。

泣きじゃくるリーノが母を求めて、リリスの腕の中から手を伸ばし、母へと抱き取られたときの寂しさ。

自分本位な願いかもしれないが、どうしても自分の子供が欲しい。

自分を心から求めてくれる存在が欲しかった。

（そうよ。たとえ殿下が望まなくても、きっと陛下や他のみんなは喜んでくれるに決まっているわ。もし、父親の愛情が与えられなくても、それ以上に私の愛情で補ってみせる！）

だんっと勢いよくコップを置いたリリスは、ジェスアルドの部屋へと繋がるドアを睨みつけた。

子供がいらないというジェスアルドの希望をどうしてリリスが一方的に呑まなければいけないのか。

そう思うと腹が立ってきて、リリスは決意した。

（よし！　夜這いしよう！）

ずっと言葉は知っていても、意味がわからなかったことの一つである〝夜這い〟も今ならわかる。

ちょっとだけ怖い気もするが、子供を得るためならできると、リリスはドアへ近づいた。

そっとドアを開けると、静かに歩いて通路を抜け、ジェスアルドの部屋へのドアの前に立つ。

そしてリリスは、律儀にドアをノックした。

「……今度は何だ?」

ドアは驚くほどすぐに開かれ、ジェスアルドが訝しげに問いかけてきた。

リリスは自分の決意に怯みそうになりながらも、にっこり笑う。

「夜這いにきました」

「……は?」

「殿下は私を煩わせないとおっしゃいましたが、私が煩わせてはいけないとはおっしゃいませんでしたので」

「……いや、煩わせるとかの問題じゃないだろう?」

「ですが、殿下には責任を取って頂かなければなりません」

「責任?」

「はい。私と結婚した責任です」

「……」

ジェスアルドは呆気に取られて言葉を失った。

手を出した責任を取って結婚しろならともかく、結婚した責任を取って手を出せと言われるとは思ってもいなかったのだ。

返答に窮するジェスアルドに、リリスはさらに言い募る。

「殿下は子供はいらないとおっしゃいましたが、私は欲しいのです。なのに殿下だけの意見が通るのは不公平だと思いませんか？　夫婦なのですから、そこは平等に話し合いで解決するべきでしょう。ですが、平行線になっても時間の無駄ですし、ここはお互い妥協しませんか？　先日知ったところによると、子供を宿すには夫の協力が……殿下のお力が必要だと知りました。ですので、殿下にはそこまでご協力いただいて、あとは私が頑張ります。殿下に子育てに関わってくださいとまでは申しません。私がたっぷり愛情を持って育てますので。という結論に達したので、夜這いに来たんです」

「……」

ジェスアルドは人生で二度目の敵前逃亡をしたくなった。

そもそも妃の部屋へと繋がる通路に人の気配がした時点で、さっさと部屋から出ていくべきだったのだ。

ずいぶん忍んで来ているので、おそらく妃本人だろうとは思いつつ、念のために剣を持って待ち構えていたのが間違いだった。

ここでどう反応すればいいのかわからず、呆然とするジェスアルドを横目に、リリスはさっさと部屋へ入り、さらにはベッドへとよじ登る。

そしてちょこんと座ったリリスはジェスアルドへと向き直り、にっこり笑った。

「では、よろしくお願いいたします」

「……」

据え膳食わぬは男の恥。——などという問題ではない。

どう考えても、ハニートラップでもない。

ジェスアルドは人生最大の難関を前にして、言葉もなくただ立ち尽くしていた。

しかし、いつまでもこうしているわけにはいかず、自分のベッドに座ってにこにこしている妃を前に、ごくりと唾を飲み込んだ。

決して邪な考えからではなく、単純に緊張しているせいだ。

ジェスアルドはベッドにいる女を前にして、ここまで緊張したことはなかった。

いっそのこと部屋から出ていこうかと考え、思い直す。

いくらおかしな相手だとしても、できれば傷つけたくはない。

平行線になろうとも、やはり話し合うべきだと、ジェスアルドはベッドに腰かけた。

「その……アマリリス姫……」

「リリスです。親しい人たちは私のことをリリスと呼びますし、姫と呼ばれるのはもう相応しくありません。だって、私はもう殿下の妻ですから」

怯えるそぶりもなく、それどころか最後には誇らしげに言うリリスに、ジェスアルドは面食らった。

まさか本当に自分の妻になって喜んでいるのだろうかと思うと、自然とジェスアルドは口を開いていた。

「私の名はジェスアルドだ。親しい者は私のことをジェスと呼ぶが……」

「じゃあ、ジェドで！」

「は？」

「みんなと一緒は嫌なので、ジェドって呼んでいいですか？　だって、私は妻ですから」

「……好きにすればいい」

どうにか答えたジェスアルドは、では自分はリリスでいいのだろうかと悩んだ。

気がつけばすっかりリリスのペースにはまっている。

それでもどうにかジェスアルドは抵抗しようとした。

「リリス……」

「はい！」

「……たとえ時間の無駄だとしても、話がしたい」

「わかりました」

リリスと呼んだだけで顔を輝かせる彼女を見ていると、自分が酷く非情に思えた。

それでも、自分の妃という立場が彼女を追い詰めないよう、できればわかってほしかった。

「昨夜も申したが……もし私との間に子ができて、その子が紅い瞳をしていたらどうする？　また呪いだと――」

「いや、だからそうなると呪いが――」

「呪いがあるんですか？　でも殿下――ジェドはお元気そうに見えますけど、どこかお悪いのですか？」

「いや、私は至って元気だが――」

「ああ、安心しました。男の子でも女の子でも、元気に生まれてくれれば、それが一番ですものね。母がリーノを生むときには、それはもうみんな心配したんですよ。母も出産は五回目とはいえ、ダリアのときから十四年以上もあいていましたし、出産するには高齢ですから。母子ともに無事だったときには、みんな涙を流して喜びました」

「それはよかった。……だが、私の母は早くに亡くなってしまった。人々はそれを呪いだと言っている」

「……皇后様が早くにお亡くなりになってしまったのは、残念だと思います。ジェドもとても悲しい思いをされたでしょう？　ですが、その噂には腹が立ちますね！　悲しんでいる人に追い打ちをかけるようなことを言うなんて！」

「いや、だから、ひょっとしてあなたもそのようになる可能性が――」

「ないですね」

「は？」

「たとえこの世に呪いが存在したとして、それが……畏れながら、陛下が今までなされた戦で命を落とした者たちからの呪いだと聞いたことはありますが、それならどうして陛下ご自身を呪わないのですか？　そっちのほうが手っ取り早いですよね。でも今朝お会いした陛下はとてもお元気そうでした」

「それはもちろん、私も呪いなどは信じていないが――」

「あ、そうなんですね！　よかった。ずっとジェドは気にしていらしたから、てっきり信じているのかと思いました。では、話し合いは無事解決ということで、よろしくお願いします」

「は？」

「あの、昨日も申しましたが、恥ずかしながら私は全て初めてですので、ジェドにお任せしていいですか？　母も皇后様の侍女だった方もそうなさいと申しておりましたし」

「……」

いつの間にか話し合いは終了してしまっていた。

おかしい。こんなはずではなかったのに。

リリスと会話していてそう感じるのは初めてではないが、ジェスアルドは頭を抱えたくなった。

だが、ベッドの上で膝を曲げてちょこんと座るリリスの両手は固く握られている。

それは自分を恐れてというより、これから起こることへの緊張からだということぐらいは、さすがにジェスアルドでもわかった。

そんなリリスを安心させたくて、ジェスアルドはその手をそっと握り、小さく震える唇に軽くキスをした。

途端にリリスの顔が耳まで赤く染まる。

その初々しい姿に、ジェスアルドは思わず笑みを浮かべた。

その笑顔を見ただけでリリスの緊張は弛み、同じように微笑み返す。

リリスにとって初めてのキスは驚くほど自然で、夢見ていたものだった。

ジェスアルドはそんなリリスの恥じらう姿に、自分の決意も何もかもが飛んだ。

再び軽くキスをしてリリスの反応をうかがい、さらにキスを深めていく。

そこからはリリスにとって、全てが驚くばかりだった。

そして恥ずかしさと心地よさで何がなんだかわからずぼうっとしているうちに、突然の衝撃に襲われた。

それでもどうにか耐えて、全てが終わったらしいときには、リリスはほっと息を吐いた。

体に違和感はあるが心は満足している。

「……リリス、大丈夫か？」

珍しく黙ったままのリリスを心配したのか、ジェスアルドがそっと訊いた。

その顔を見たリリスの体から力が抜けていく。

ずっと無表情な人だと思っていたけれど、まったくそんなことはなかった。

きっとジェスアルドは不器用すぎるのだろう。

「びっくりしましたけど……大丈夫です。ただリーノとは全然違ったので……」

リリスは照れながらも思ったままを答えた。

するると、ジェスアルドはかすかに眉を寄せる。

「……リーノとは、確か弟君だったな？」

「はい。この前、一歳になったんです。すごく可愛いんですよ。おむつ替えも何度もしていますから、大丈夫だと思ったんですけど……」

「……」

ジェスアルドにとっては、まさか一歳男児と同様に思われていたのかと、かなり複雑な心境になった。

しかし、考えてみればおかしくて、笑いが漏れそうになり、慌てて咳払いで誤魔化す。

そんなジェスアルドの態度をリリスは誤解した。

（きっと今の咳払いは、もう部屋に帰れってことだわ）

はっきりとは言い出しにくいのだろうと察して、リリスはごそごそと夜衣を身に着けた。

そしてベッドからよいしょと下りる。

「あの、それでは……ありがとうございました」

「――リリス？」

「じゃ、おやすみなさい！」

ジェスアルドが理解する間もなく、リリスはぱたぱたとドアまで走る。

それから振り返ると、ベッドの上で呆然とするジェスアルドに向けて手を振った。

「いい夢を見てくださいね。では、また明日」

そう言ってドアの向こうに消えたリリスを、ジェスアルドは答えることもできず見送った。

ぱたんと軽い音を立ててドアが閉まる。

「……また明日？」

結婚時の固い決意も虚しく、つい流されてしまったが、まさかお礼を言われるとは思わなかった。

しかも、このようにリリスが去っていくとはあまりにも予想外である。

もちろん、一晩中一緒に過ごすつもりもなかった――というより何も考えていなかったのだが、ジェスアルドはリリスの奇怪な行動に悩み、いい夢を見るどころか、なかなか眠れない夜を過ごしたのだった。

14

「テーナ、やったわ！」

「……おはようございます、リリス様」

「あ、おはよう。それでね、私、ついにやったのよ！」

「何をでございますか？」

「夜這いよ！」

「はい⁉」

翌朝、珍しく夢を見ることもなく、上機嫌で目覚めたリリスは、朝の支度の用意をして入ってきたテーナに訴えた。

誰かに言わないと我慢できないくらい嬉しかったのだ。

だが当然のことながら、テーナはリリスの発言に驚いた。

思わずベッドを確認して、いつもより乱れていないことに眉を寄せる。

「リリス様……その、夜這いというのは……」

「殿下のお部屋に行ったの！」

「リリス様が……ですか?」

「もちろんよ。夜這いだもの」

恐る恐る問いかけるテーナに、胸を張ってリリスは答えた。

テーナは頭が痛むのか、こめかみを揉んでいる。

「それで……その、殿下は何と?」

「最初は話し合おうっておっしゃったわ。それで話し合った結果、無事に解決したから、赤ちゃんができるように頑張ったの」

「が、頑張られたのですか……」

うふふと恥ずかしそうに笑うリリスを見て、テーナは眩暈を覚えた。

いったいどこの花嫁が——しかも一国の王女が、初めての夜……といっても三日は過ぎているが、夫へ夜這いをかけるのか。

テーナは近くにあったチェストに手をついて深呼吸をすると、心を強く持ち直した。

「……リリス様、お体は大丈夫でしょうか?」

「ああ、ええ。ありがとう、大丈夫よ。最初は痛かったし、想像していたのと違ってびっくりしたけれど、どうにかなったわ。今も少し違和感があるような気がするけれど……うん、大丈夫!」

「……さようでございますか。あの、このことは他の方におっしゃったりは……」

「あら、そこまで私も馬鹿じゃないわよ。こういうことは人には話さないのでしょう?

テーナだからこそよ」

「そうですね。余計なことを申しました」

はっきり聞いたわけではないが、母が言いにくそうにしていたことや、皇后陛下の元侍女が声をひそめて話していたことから考えて、あまり大きな声で言うべきではないと、さすがにリリスも理解していた。

と同時に、フロイトの城で時々女性たちがひそひそくすくす小声で話していたことを思い出す。

テーナはほっと息を吐くと、頭を下げてから何事もなかったようにいつもの笑みを浮かべた。

リリスの奇抜な言動には慣れているので立ち直りも早い。

「では湯の用意をしてまいりますので、しばらくお待ちくださいませ」

「あら……そうね。ありがとう、テーナ」

能天気なリリスをベッドに残し、テーナは控えの間へ向かったのだった。

＊＊＊

（シヤナ、シヤナ……シヤナ……あった！　この国ね）

湯にも浸かり、朝の支度を済ませて元気よく朝食を平らげたリリスは、少しの休憩の後に勉強を始めていた。

先日夢で見たジェスアルドや皇帝陛下の会話内容が気になって調べることにしたのだ。

(ふむふむ。フォンタエ王国よりさらに東、そのさらに向こうに広がる海の先にある国なのね)

新たに知った国の名に満足して、リリスは地図を置いた。

次に皇宮の図書室から昨日借りてきた司書お勧めの風土記と、特別に手に入れた最新の産業白書に目を通す。

今回の輿入れには、リリスの現実夢を実現させるための特別な人員が数名同行しているのだが、そのうちの一人に賢人と名高いフレドリック・グレゴリウスという者がいる。

グレゴリウスは各国から引く手あまたな人物なのだが、リリスの現実夢の話が興味深いために、ただの教師として名前を偽り、フロイト王城で生活していたのだ。

そんなグレゴリウスの弟子の一人がこのエアーラスの政務官として働いているため、産業白書を手に入れることができたのである。

リリスは貴重な産業白書を軽い気持ちで読んでいたのだが、その表情は暗くなっていった。

夢で見た会話のとおり、ホッター山脈の麓の町ブンミニ周辺では、鉱石の産出量が激減しており、仕事を求めて働き手の男性や若者が町を離れ、お年寄りや女子供だけで枯れた土地を耕し木材を売り、細々と暮らしているらしい。

（これは確かに問題よね。うーん。他人事とは思えないわ……）

リリスはずっとホッター山脈の麓で育ってきたのだ。

幸い、フロイト王国では鉱物を産出することはなくとも、高地では移牧を行い、低地では小さい土地ながらも農業に向いているお陰で今のところ皆が平和に暮らしている。

だがもし冬場に平年よりも大雪になれば、夏に日差しが弱ければ、そんな心配はいつだってあるのだ。

何か手伝えることがあればとリリスは考えたが、さすがに名案は浮かばない。どころか、眠くなってきた。

「テーナ、これから少し寝ることにするわ」

「かしこまりました。では、昼食は少し遅めに用意するようにいたしましょうか？」

「ううん、それは大丈夫。冷めていても、ここのお料理は美味しいもの。時間を遅らせてむやみに手間をかけさせるのも申し訳ないし、心配をかけてしまうかもしれないから」

「そこまでリリス様がお気になさる必要はありませんのに……」

「いいの、いいの。じゃあ、おやすみなさい」

「――おやすみなさいませ」

気遣うテーナの言葉に軽く手を振って、リリスは寝室へと入っていった。

昼食をずらさなかったのは、もし時間をずらしたことがジェスアルドの耳に入れば変に心配をかけてしまうかも――というより、後悔させてしまうかもと思ったからでもあった。

ベッドに横になってふうっと息を吐いたリリスは、昨夜のことを思い出してにやりとした。

衝撃的ではあったが、なかなか興味深い体験だと思う。

呪いもやはりただの噂でしかないようだし、これからもっと夫のことを知ろうと決意してリリスは目を閉じた。

起きたら今度はトイセンの街について調べてみようと考えながら。

そして次に意識したときには、夢の中――現実夢の中にいることに気付いた。

どうやらホッター山脈のブンミニの町周辺に来ているらしい。

(ああ、これは確かに土地としては難しいわね……。ヤギを飼うのが精いっぱい。まあ、ヤギはお肉もチーズも美味しいけど、ここで産業として成り立たせるのはさすがに無理そうだし……)

リリスは周囲を見て回りながら、ふわりふわりと浮いたまま考えた。

犬には吠えられてしまったが、当然気付いた人はいない。

(それにしても、ここの山肌はずいぶん白いのね……。遠くから見ると氷壁かと思ったけれど、こんなに岩肌が白いなんて)

気がつけばリリスは町から山へと上り、山の中腹あたりに来ていた。

所々にある坑道らしき穴には乾燥させたらしい木材が置いてあり、鉱脈を見つけるためにか掘り起こした白い岩石がたくさん積まれていて、風雨にさらされている。

（うーん。やっぱりこの土地はもう以前のように活気を取り戻すのは無理っぽいわね……）

朝から目を通した産業白書では、最盛期で今の十倍は人口もいたようだ。

それが先ほど見た町中ではお年寄りが多く、子供はほとんど見かけず女性たちにも活気がなかった。

（たぶん、町に残っている人たちは今さら離れられないのよね。郷愁より何より、先立つものがないんだわ）

そう考えた瞬間、リリスの視界はぱっと変わってしまった。

だが目が覚めたわけではなく、別の場所に飛ばされてしまったらしい。

（ここは……どこ？）

きょろきょろと周囲を見渡しても、リリスにはまったく心当たりのない場所だった。

ひょっとしてと、人通りをすり抜けて食堂らしきお店の看板を凝視する。

ここはおそらくリリスの住む世界とは別の世界だ。

一応、リリスは三か国語を読み書きすることができるが、看板は馴染みのない文字形態で書かれている。

しかも街行く人々の服装もかなり違い、建物の形も違う。

リリスはふらふらと漂いながら、何かおもしろいことはないかとあたりをうろついた。

せっかくなら知識を手に入れたい。

そこで最初に目についた食堂に入り、何か情報を得られないかとおしゃべりに興じる男たちの近くに向かった。

テーブルの上には素朴だが美味しそうな料理が並んでいる。

思わず厨房に行きかけて、もう一度料理へと——その料理を盛りつけている食器に視線を落とした。

（そうよ！ シヤナって、最近流行っている食器のことよ）

どこかで聞いたことがあると思ったのは、食器の名前としてだったのだ。

すぐにピンとこなかったのは、国名として考えたからだろう。

（そうそう、お母様が初めて手にしたときはすごく感動していたわよね）

シヤナの食器は透けるように白くて軽く、しかも丈夫なのだ。

それまで——今でもだが、フロイト王城で使用されているのはほとんどが銀器で、熱い飲み物を飲むときには焼き物のカップを使っている。

（そういえば、あの土でできた焼き物のカップが炻器（せっき）なのよね？ そうだわ。確かトイセンに焼き物工場があるのよ！）

あの夢で見たジェスアルドや皇帝たちの会話はこのことだったのだ。

シヤナは遠い地から運ばれてくるため希少で、富裕層は目の色を変えて手に入れたがるために白い黄金とも呼ばれていると、リリスも聞いたことがあった。

フロイト王城でも一揃えのシヤナの食器は特別なときにしか使われない。

それは倹約家の父がリーノ誕生の際に、妻である王妃に奮発して贈ったものだ。

ただ、毎日使っているティーセットは、母の誕生日に家族全員からプレゼントしたものだった。

（確かに、シヤナは艶があってすごく綺麗で素敵だもの。炻器も枯淡な味わいがあって悪くはないんだけどね……）

ちなみにエアーラスの皇宮では全ての食器がシヤナになっている。

さすがエアーラス帝国！　とリリスは感嘆したものだった。

（確かに、あのシヤナの食器を全部トイセンの炻器に変えてしまえば、かなりトイセンの工場は助かるでしょうけど、それじゃあ一時凌ぎだものねえ……）

ため息交じりに食堂を見回せば、どこのテーブルでもシヤナのような食器に料理が盛りつけられている。

ひょっとして、ここは異世界ではなくシヤナ国なのかもしれない。

それならば、シヤナの製作現場を見たいと考えて、リリスは目が覚めてしまった。

（ええ？　今からが肝心なのに……）

もし製造過程を知ることができれば、ウハウハの大儲けができるかもしれないのだ。

頑張って二度寝しようと試みたが、ダメだった。

諦めてごそごそと上掛けをどけると、傍で本を読んでいたレセが気付いた。

「おはようございます、リリス様。もう起きられますか？」

「うん、二度寝したかったけど、ダメみたい」

「それは残念でございましたねえ」

くすくす笑いながら、レセはリリスが起きるための準備に取りかかる。

リリスが二度寝をしようとするのは、たいてい素敵な夢を前にしてお預けになってしまったときだと、レセは知っているのだ。

それからはメモを取り出したリリスのために、レセは洗面具を取りに静かに控えの間へと入っていった。

15

予定どおり、少し遅めの昼食を食べながら、リリスは先ほど見た夢のことを考えていた。

そして結局は自分一人で悩んでも仕方ないと結論に至る。

「ねえ、テーナ。今日はフウ先生のお時間はあるかしら？」

「フレドリック様でしたら、先ほど大量の本を抱えてお部屋に入っていらっしゃるのをお見かけいたしましたが……」

「じゃあ、今頃は読書に夢中ね。お邪魔するのも悪いから……」

「まさか！　リリス様のお召しとあらば、フレドリック様は飛んでいらっしゃいますよ」

リリスの言う〝フウ先生〟とは賢人グレゴリウスのことであり、ここ最近ではヨハン・フレドリックと名乗っている。

彼は本の虫でもあるのだが、知識欲の塊であり、リリスの話となれば当然レセの言うとおり全てをなげうってでも駆けつけ、話を聞こうとするのだ。

「うーん、今日は特に面白い話があるわけじゃなくて、私に教えてほしいことがあるんだけど、一応そのことを伝えて、来てくれるかどうか訊いてみてくれる？」

「かしこまりました」

レセにそう頼むと、リリスはまた産業白書を開いたのだが、一頁も読まないうちに、フレドリックはやってきた。

本当に飛んで来たのではないかというほどの速さだ。

「リリス様、ご機嫌麗しいようで何よりでございます。この度はご結婚おめでとうございます。末長いお幸せを心より願っております。それで、どんな夢をご覧になってのご質問ですか？」

「……ありがとう、フウ先生。残念ながら、夢はそれほど多くを見たわけじゃないから、先生の興味を引くかどうかわからないけれど……いいかしら？」

「ええ、もちろんですとも」

結婚後初めて会うフレドリックは、やってきた速さと同様に嫌みっぽく口上を述べて、本題に入った。

フレドリックにとっては、どんな些細なことでもリリスの夢は興味深いので、その願いを受けるのは当然である。

それからリリスは普段の能天気ぶりが信じられないほどに、よき生徒として、フレドリックの教えを聞いた。

「うーん……それはおかしな話ですな」

「そうなの？」

「ええ、そうですよ。確かに今、世界中の富裕層が馬鹿のようにシャヤナに夢中になっておりますが、だからといって、賃金未払いが発生するほどにトイセンの炻器の売上が落ちるとは思えませんな。シャヤナが白い黄金とまで呼ばれるのは、それだけ手に入りにくいものだからです。そして手に入れても使用することなくこれ見よがしに飾っている馬鹿が多くいるそうなので、炻器は今までどおり使用されているはずですよ。ならば割れたり欠けたりもするでしょうから、購入されないことはない。もちろん、売上が以前より落ちることはあるでしょうがね。それにしても、食器は使うものであって飾るものではないというのに、馬鹿ばかりで困りますな」

歯に衣を着せぬフレドリックの物言いに、リリスは笑った。

相手かまわず終始この調子のフレドリックは、とある権力者の勘気をこうむって危うく縛り首になりそうになったという逸話もある。

幸い国外追放で済んだので今があるのだが。

「まあ、材料費が高騰しただとか、設備を新しくしただとか、理由は色々あるかもしれませんが、一番考えられるのが着服ですかの」

「着服？　お金を盗んでいる人がいるってこと？」

フレドリックの見解を聞いたリリスは驚いた。

もちろんこのようなエアーラス帝国の機密に関わる夢の内容は、リリスの秘密を知る人物の中でも限られた相手にしか話さない。

フレドリックは驚くリリスに頷いて、さらに詳しく続ける。

「それもかなりの高官……財務担当者か販売責任者、もしくは工場責任者……いっそのこと、この全員かもしれませんなあ」

「まさか！　だって、トイセンの工場は国や領主だけでなく、トイセンの街のみんなもお金を出し合って建てた工場なんでしょう？　それなのに、一部の人がお金を搾取して街の人たちがお給金をもらえないなんて……。それに査察官も派遣されていて、報告では何もなかったってあったそうよ？　……ひょっとして、査察官も騙されているってこと？」

「さてさて……その査察官も賄賂を頂いていたということも考えられますの」

どこの国でも賄賂等が横行しているのは知っているが、やはりショックだった。

トイセンの工場は国の援助を受け、なおかつ街の人たちが資金を出し合い造った工場だと先ほど知って、リリスは感動したところだったのだ。

それまでは街の人たちが細々と焼いていた炻器を、大きな窯で大量に焼くことによって、燃料費などが抑えられ、品質も管理されるようになったため、産業として街を支えるほどに発展したというのだから。

それが今は、富裕層の間でシヤナが流行り、トイセンは一時期の隆盛が嘘のように衰退してしまったと、産業白書にも記載されていた。

それがもし嘘だったのならば、この報告は皇帝陛下に対する背信行為以外の何ものでもない。

工場の責任者や関係者、真実を報告しなかった査察官は大罪を犯したことになる。

さらには街の人たちまで罰せられることだってあり得る。

「ねえ、フウ先生。だとしたら、皇帝陛下は本当に査察官の報告を信じていらっしゃるのかしら？」

「ふむ。そうですのお」

「だって、フウ先生は頭がいいから当然だけれど、陛下もここまでの国を築かれた方よ？今、先生が説明してくれたことに、気付かないわけがないと思うんだけど」

「リリス様のおっしゃるとおりですが、皇帝陛下にも欠点はおありのようですからなあ」

「欠点？」

「ええ、美点とも言いますが……陛下は臣下を疑うことをなされないそうですよ。それゆえ、裏切られたことも幾度となくあるようですな」

「そんな……」

人を信じて裏切られるなど、どれほどつらいことだろう。

リリスは陛下の心中を思って、心を痛めた。

ひょっとして、ジェスアルドも同じように裏切られ、今のようにトゲトゲした性格になったのかもしれない。

「まあ、陛下がそのような方なので、皇太子殿下がその分、かなり疑い深い……慎重で厳しい方になったそうですよ。ある意味、アメとムチ作戦ですなあ」

「あ、なるほどね」

勘違いから勝手に同情するところだったが、余計なお世話だったようだ。

(まあ、小さい頃から呪われただの何だのと言われて育てば、ひねくれた性格になっちゃうかもね……)

とはいえ、皇帝陛下は息子として明らかに愛情を持って接しているのがわかるし、噂では亡くなった皇后陛下も息子を慈しんでいたと聞いた。

そのうえ、夢で見たジェスアルドの初めての結婚式では今とは全然違って見えたのだ。

(ということは、やっぱりコリーナ妃が亡くなってしまったことが原因……)

そう考えるとジェスアルドが気の毒で、リリスまで落ち込んでしまった。

そこにフレドリックの声が割り込み、我に返る。

「それで結局、リリス様はどうされるおつもりなのですかな?」

「どうするつもりって?」

「リリス様は、この国に何のために嫁いでいらっしゃったのでしょう?」

「それは……フロイト王国をフォンタエ国の侵略から守るために、早急にこの国と同盟を結ばなければならなかったから……」

「ふむ。では、その目的は達成されたわけで、これからは何をしてこの国で過ごされるおつもりなので?」

「何をって……お昼寝?」

戸惑ったリリスの答えに、フレドリックは「ふぉっふぉっふぉ」と、いかにもな笑いをした。

これは間違いなく馬鹿にされている。

めらめらと闘志を燃やしたリリスは、その場で立ち上がりフレドリックを睨みつけた。

年上に対する敬意も何もない態度だが、フレドリックはもちろん気にしない。

「いいわ、決めた。私がやるべきことは、知り得た知識をふんだんに活かして、この国とフロイト王国のさらなる発展と両国の友好のために頑張ることよ！」

「ふむ。それはいいことですな。それで、まず何をなさるのですかな？」

「それはもちろん、子作りよ！」

「ほお？」

意外な言葉だったのか、今まで薄く笑っていただけのフレドリックの顔に驚きが浮かんだ。

その顔を見て、リリスはしてやったりと笑い返す。

「だって、私は皇太子妃だもの。たとえジェドが――皇太子殿下が何を言おうと思おうと、次代の後継者を求められているはずよ。何より、私が赤ちゃんが欲しいの！」

「それはそれは」

「そのうえで、その子のために――ううん、この国の子供たちのためにも、よりよい国造りを目指すわ！」

「まずは子作りで、次に国造り。ふむ、基本ですな。では、せいぜい励むことですな。赤子というのは天からの授かり物。これぱっかりは思うようにはいきませんからの」

「ええ、もちろんよ」

意気込んで大きく頷くリリスを面白そうに見て、フレドリックも立ち上がった。

気がつけば、もうずいぶん陽が傾いている。

「さて、そろそろお暇しますかの。それでは、リリス妃殿下、幸運を祈っておりますぞ」

「ありがとう、フウ先生」

わざわざ〝妃殿下〟と呼んだことからして、リリスの答えはフレドリックにとって満足だったらしい。

リリスが笑顔でフレドリックを見送ると、その気配を察したのか、控えていたテーナが顔をそっと覗かせた。

「フレドリック様はお帰りになったのですか?」

「ええ、そうよ。今日もとっても有意義だったわ」

「それはようございました。では、お夕食の支度をしてかまわないでしょうか?」

「ありがとう、テーナ。それと、今夜も頑張るつもりだから、寝る前の支度はしっかりお願いね!」

「……かしこまりました」

この調子だと、今夜も皇太子殿下の寝所に訪れるつもりなのだろう。

本来は男性が女性の許に訪れるものなのだが、テーナは何も言わずにため息を飲み込んだ。

＊　＊　＊

その夜、宣言どおりにリリスはジェスアルドの寝室のドアをノックした。

「こんばんは！」

「……ああ」

リリスの元気良い挨拶に、ジェスアルドは微妙に答えただけだった。

まさか本当に今夜もこうして自分の寝室に訪れるとは思わず、ジェスアルドは二人の部屋を繋ぐドアを開けたまま立ち尽くしている。

そんなジェスアルドの横をおかまいなしに通り抜けて、リリスはベッドによじ登った。

おかしい。何かが絶対におかしい。

ジェスアルドの頭の中では無駄な言葉がぐるぐるしていたが、何事もないかのようにベッドに腰を下ろした。

「リリス……」

「はい」

「その……体は大丈夫か？」

「はい、ばっちりです！」

「……そうか」

ジェスアルドが念のためにリリスに体調を訊ねると、目に見えたとおりの答えが返ってきた。

それでもジェスアルドはほっと息を吐く。

たとえそれらしく思えなくても、リリスは初めてだったのだから。

それはジェスアルドにもわかったことだが、何より今朝シーツにはっきり残されていたのだ。

そのことをうっかりしていたジェスアルドは、朝になって血痕を発見した従僕に心配され、剣の鍛錬中にできた怪我がどうとかこうとか苦しい言い訳をせねばならず苦い思いをした。

普段、身の回りの世話の全てを信頼できる従僕――デニスに任せていたのは幸いだった。

しかもデニスは、そのあたりのことには鈍い。

あれがおしゃべりなメイドだったら、今頃はどんな噂が流れていたかと思えばぞっとする。

そこまで考えて、ジェスアルドは我に返った。

今はそんな場合ではない。

昨夜はつい流されてしまったが、やはりもう一度話し合ったほうがいいのではとリリスを見れば、期待に満ちた視線を向けられ待っている。

「リリス……」

「はい？」

「本当に大丈夫なのか？」

「もちろんです」

「……そうか」

ここまで真っ直ぐに自分を見つめてくる相手は、今まで両親ぐらいしかいなかった。

もちろん信頼できる者はたくさんいるが、立場上か瞳のせいか、いつもわずかに目を逸らされてしまう。

リリスが信頼できるとはまだ思えないが、エメラルドのように輝く緑色の瞳で真っ直ぐに見つめられれば悪い気はしない。

しかも、リリスは正式な妻なのだ。

ジェスアルドはしばらく葛藤したのち、リリスをそっと押し倒した。

やはり自分も所詮はただの男だなと自嘲しながらも、リリスにキスをすれば、照れくさそうな笑みが返ってくる。

まだ緊張はしているらしいが、懸命に堪えているらしい姿を見ていると、不思議と情が湧いてきてしまう。

これではいけないと思いつつ、それでもジェスアルドはもしリリスに何かあれば、必ず守ろうと心の中で誓った。決して、コリーナのようにならないようにと――。

一方のリリスは、ドキドキしながらジェスアルドにされるがままになっていた。

キスは心地よく、大きな手は温かい。

リリスを気遣いながら触れてくるジェスアルドは、やっぱり優しい人なのではないかと思っていたが、ふと動きが止まった。

どうしたのかとリリスが目を開ければ、ジェスアルドはひどく冷めた表情をしていた。

「……ジェド？」

何か失敗をしてしまったのかと不安になったリリスが声をかけると、ジェスアルドははっとした。

だがすぐにリリスの唇に唇を重ねる。

それはとても激しく、かなり驚いたリリスだったが、受け入れているうちに頭がぼうっとしてきてしまった。

やがてジェスアルドが大きく息を吐いて横たわると、リリスもほっと息を吐いた。

身構えていたが、昨日よりも全然平気だったことに少し嬉しくなる。

（うん、これなら悪くないわ。皇后様の元侍女だったあの人は、さも恐ろしいことのように言ってたけど、やっぱりお母様のほうが正しかったわね。これで赤ちゃんができるなら、どんとこいよ）

など考えてちらりと横を見ると、ジェスアルドは片腕で両目を覆っていた。

昼寝をしたリリスと違い、ジェスアルドはおそらく眠いのだろう。

これ以上ここにいては夫の睡眠の妨げになると、リリスはごそごそと動いて夜衣をまとった。

「リリス？」

ジェスアルドはその気配を感じ、肘をついて上体を起こした。

しかし、リリスはベッドからするりと下りると、ジェスアルドに向けてにっこり笑う。

「ジェド、今日もお疲れ様でした。しっかり休んでくださいね。それでは、また明日もお願いします」

昨夜に引き続き、まったくわけのわからないリリスの言動に、ジェスアルドは唖然とした。

言葉だけ聞けばかなり事務的だが、リリスを見ているとそうは思えない。

ジェスアルドは部屋へと戻るリリスを呆然として目で追っていたが、はっと我に返って慌てて呼び止めた。

「リリス」

「はい、何でしょう？」

「いや、その……」

呼び止めたものの、何を言えばいいかわからない。

はっきり言って、リリスの言動の全てがわからない。

結局、一番に思い浮かんだことを口にした。

「明日は……私が、あなたの部屋に行く……ことにする」

「わかりました。では、楽しみにお待ちしてますね！」

ぱっと顔を輝かせたリリスを目にして、自分の言葉が間違っていなかったことはわかった。

だが、本当にそれでいいのか、ジェスアルドは悩み、また眠れない夜を過ごすことになったのだった。

16

翌日のリリスは午前中ぐっすり眠り、お昼からは図書室で借りてきた本を真剣に読んでいた。

ここの図書室は蔵書が豊富で、リリスの知識欲をかなり刺激してくれる。

たった今、読んでいる本が新婚のリリスの役に立つのかはさておき。

そして「ふむふむ」と本を相手に相槌を打ったリリスは、顔を上げた。

「ねえ、レセ。お願いがあるの」

「はい、何でしょう？」

にこやかに答えたレセだったが、内心ではまた何をお願いされるのかと少々不安だった。

たいていは大した内容ではないリリスの〝お願い〟だが、たまにとんでもないこともあるのだ。

「今から、おつかいに行ってきてほしいの」

「……おつかい、ですか？」

「ええ、今の季節ならたぶん大丈夫だと思うから」

そうして、おつかいの内容を聞いたレセはほっとして部屋を出ていった。

そんなレセと入れ違いのように、リリスの許に使者が訪れた。

対応したテーナがリリスに伺いに戻ってくる。

「リリス様、ボルノー伯爵が面会を求めていらっしゃるようですが、いかがいたしましょうか？」

「ボルノー伯爵ね。わかったわ。今日ならいつでも大丈夫だと答えてちょうだい」

「――かしこまりました」

予想外に早い返答にテーナは驚いたようだが、それには触れず、使者に了承の旨を伝えにいった。

ボルノー伯爵とは、皇帝の弟であるバーティン公爵の息子で、ジェスアルドの従弟のコンラードのことだ。

リリスは読んでいた本を閉じて、支度のために立ち上がった。

コンラードには結婚式に先立って行われた、エアーラス帝国の主立った面々との顔合わせで紹介されている。

大臣や貴族たちの顔と名前を必死で覚えていたリリスだったが、コンラードだけはすぐに覚えられたのだ。

なぜならアルノーに似ていたから。

皇太子妃として個人的に初めて面会するのがコンラードなのは悪くない選択のはずだ。

今のところジェスアルドの後継者と目されている彼は、かなりの重要人物と言っていい。地を出してしまわないように気をつけなければと、どきどきしながらコンラードの訪れを待つ。

そして時間になり、訪れたコンラードは初対面のときと同じように柔和な笑みを浮かべていた。

「このように突然の訪問にもかかわらず、快く承諾してくださり、ありがとうございます。改めまして、ボルノー伯コンラード・ボンドヴィルと申します。どうか、コンラードとお呼びください、妃殿下」

「――ありがとう、ボルノー伯爵。では遠慮なく、コンラードと呼ばせていただきます」

そうしたやり取りから始まったコンラードとの面会は、順調に進んだ。

ちょうどお茶の時間ということもあって、お菓子についての会話が弾む。

どうやら男性にしては珍しく、コンラードは甘いものが大好きらしい。

「――そのくせ、僕はお酒には弱くてほとんど飲まないので、女みたいだとよく笑われるのですよ」

「あら、それは笑う人のほうが間違っていると思います。人それぞれ好き嫌いもあるでしょうし、得手不得手だってあるんですから。実は私、りんご酒が大好きで、ついつい飲みすぎて……しまったりすることもあるようなないような……」

あまりに人懐っこいコンラードに、つい気が弛(ゆる)んでしまって余計なことを言ってしまった。

リリスは部屋の隅に控えていたテーナの咳払いに気付いて、慌てて言葉を濁したが、誤魔化しきれなかったようだ。

コンラードはくすくす笑う。

(確かに見た目はアルノーに似ているけれど、こうして話してみるとやっぱり違うわね……)

コンラードをじっと見つめながらぼんやりしていたせいか、彼はリリスに視線を合わせて微笑んだ。

「僕の顔に、何かついていますか?」

「あ、いえ……ごめんなさい。そうではなくて……」

リリスは急いで目を逸らし、俯(うつむ)いた。

淑女は殿方の顔をじっと見つめたりはしないものだと思い出したのだ。

リリスは何か話題を変えようとしたが、コンラードは気にしていないのか、話を続けた。

「僕の髪は珍しい金色ですし、瞳も青色ですから、よく人からちらちら見られてしまうのですよ」

「まあ、そうでしたか」

今度こそ淑女らしい笑みを浮かべてリリスは答えた。

確かに金色といえばそう見えるが、ダリアの綺麗な金髪を見ているせいか、どちらかといえばアルノーの薄い茶色の髪を思い浮かべてしまう。

それに瞳も青色というよりは、リリスには濃紺に見えた。

そんなリリスの反応に、アルノーは「ああ」と何か思い出したように頷く。

「妃殿下はフロイト王国のご出身ですから、私のような者も珍しくはないのでしたね。妃殿下も美しい瞳の色をしていらっしゃる」

「ええ、ありがとう」

瞳の色にだけは自信があるので、リリスが素直にお礼を言うと、コンラードはなぜか表情をかすかに曇らせた。

そして言いにくそうに口を開く。

「珍しいといえば、ジェスも――皇太子殿下も珍しい髪と瞳の色をしていますが、呪いなどというのはただの噂なのです」

「ええ、そうですね」

「殿下は幼い頃より周囲で不幸が続いたせいで、余計にそのような噂に拍車がかかってしまいました。ですが、それもただの偶然。決して、信じたりなどなさらないでください」

「はい」

「確かに、戦場では敵を次々と切り捨て薙ぎ払うあの姿は、『死神の如く』と恐れられるのも仕方ないのかもしれませんが……。僕は情けないことに、戦では何の役にも立てない臆病者ですから」

「まさか……近々、戦があるのですか?」

「ああ、いえ。申し訳ございません。妃殿下にこのような話をお聞かせするべきではありませんでした。ですが、たとえ戦になろうとも、殿下がいらっしゃる限り、この国は安泰ですよ」

戦と聞いてリリスの顔色は悪くなった。

リリスが嫁いできたことによって、この国とフォンタエ王国との軋轢がさらに高まってしまったのではないかと心配になったのだ。

そんなリリスを慰めるように、コンラードはまた柔和な笑みを浮かべた。

「どうかご安心ください。妃殿下に害が及ぶようなことは決してございません。ですが、何か不安に思われるようなことがございましたら、いつでもご相談ください。僕は妃殿下がこの国にいらっしゃって、本当に嬉しいのです。ですから、妃殿下がおつらい思いをされることのないよう、務めさせていただきます」

「ありがとう、コンラード。そのようにおっしゃっていただけるなんて、本当に嬉しく思います」

アルノーと姿は似ているが、少し軽薄な気がする。

余計なことを考えながらも、リリスは微笑んでお礼を言った。

どうやら心配させてしまったらしいが、それでも歓迎してくれているコンラードの言葉に、リリスも素直に喜んだ。

それからコンラードを見送ると、戻ってきていたレセに頼んでいたものを部屋へと運び入れてもらう。

「あの、リリス様……今さらですが、これらをどのようにお使いになるのですか？」

「それはもちろん、これよ、これ」

レセの遠慮がちな質問に、リリスは先ほど読んでいた本を見せた。

すると、ざっと目を通したレセとテーナは押し黙る。

「素敵だと思わない？　きっと殿下もお喜びになると思うわ」

「――だと、よろしいですね……」

うきうきしているリリスに、テーナはぼそりと答えただけだが、なぜかレセは笑いを堪(こら)えているようだった。

その夜。

「……何だ、これは？」

「あ、こんばんは」

「……ああ」

ジェスアルドは約束したのだからと、自分に言い聞かせてリリスの寝室へのドアを開け、目にしたものに驚いた。

そして思わず口にした問いかけは、にっこり笑顔とともに挨拶として返ってくる。

また微妙な返事しかできなかったジェスアルドだったが、リリスは気にしていないのか、最初の問いかけに答えた。

「これはバラの花びらです。ジェドがいらしてくださるので、歓迎の気持ちを表したいと思いまして」

「……」

バラの花びらなのは見ればわかる。

その花びらが大量にベッドの上に撒かれているからこそ驚いたのだが、ジェスアルドはどう反応すればいいのかわからなかった。

歓迎されていることに喜ぶべきなのか。そもそも、この訪問は歓迎されることなのか。さらには、この歓迎の仕方に突っ込むべきなのか。

「あ、心配しないでください。この花びらは花が終わる前に切り取られるはずだったものを庭師さんにお願いして頂いたものなので大丈夫です。あの素敵なお庭を荒らしたりはしていませんから」

黙り込むジェスアルドを誤解して、リリスは慌てて弁解した。

そういう問題ではないのだが、寝室はバラの香りに満ちていて、ジェスアルドは何だか頭がくらくらしてきていた。

もう深く考えるのはよそう。

ジェスアルドはそう自分に言い聞かせた。

「えっと、お酒を飲まれますか？　色々と揃えて……もらっているので、お好きなのをおっしゃってください。あと、ハーブ水もあります。これは私のお気に入りなんです。ぐっすり快眠、寝起きもすっきりですよ」

「いや……大丈夫だ」

いそいそと世話を焼こうとするリリスに答えて、ジェスアルドは寝室へ足を踏み入れ、そのままベッドに腰を下ろした。

途端にバラの香りがまたふわりと広がる。

ジェスアルドはベッドに散る花びらの中でいくつかあるバラの花そのものを摘み上げた。

こんなに間近で花を見たのは、子供の頃――まだ母が生きていた頃以来だ。

「あの、お気に召しませんでしたか？　テーナには――侍女には、男性の中にはお花を好まない方もいると忠告されたのですが……」

「別に……花は嫌いじゃない」

「本当に？」

「ああ」

「それは安心しました！　やはり私たちは新婚ですから、華やかにしようと思ったんです！　それで、花びら占いをしながら、侍女たちと一枚一枚取ったんですよ。まるでフロイトでの作業みたいで楽しかったです」

「……作業？」

「ええ、フロイト製のバラの精油は有名なのですが、ご存じないですか？　あとバラ水やポプリ……とにかく、バラはフロイトの名産なんです」

「そうか……」

一応の知識として、フロイト王国の名産品の中に高価なバラの精油が含まれていることは知っていたが、ジェスアルドは王女がその作業に加わっていることが驚きだった。

もう何もかもがジェスアルドの常識と違う。

だが、一つだけわかったことがある。

リリスは緊張しているのだ。

そう思うと、ジェスアルドはリリスのおかしな言動にも納得した。

「リリス」

「はい！」

「少し、話をしよう」

「は、はい……」

ぽんぽんと隣を叩くと、リリスは頬を赤らめてちょこんと座った。

一昨日とは逆の立場だが、その様子が可愛いと思えてしまうジェスアルドは、かなり毒されてきているのかもしれない。何の毒かはわからないが。

「その……当初のあなたに対する私の態度は酷かった。それを謝りたいと思う」

「はい、許します」

「いや、まだ謝罪はしていないが……」

「謝罪は言葉じゃないです。気持ちですから」

にっこり笑って答えるリリスにつられて、思わずジェスアルドもかすかに笑った。

途端にリリスの顔がさらに輝く。

「やっぱりジェドの笑った顔は素敵ですね！」

「……あなたは本当に変わっているな」

「ええ？　ジェドもそう思いますか？　よく言われるんですよね。でもなかなか治せなくて……すみません」

「――謝る必要はない。ただ少し……そう思っただけだ」

今の今まで笑っていたリリスの顔から笑顔が消え、しょんぼりとする姿に、ジェスアルドは急いで気にしていないと伝えた。

本当はかなり気になるが、嘘も方便である。

すると、リリスはほっとしたようにまた笑った。

これほどにはっきりと喜怒哀楽を表すなど、確かに権謀術数の渦巻く皇宮では〝得難き宝〟なのかもしれない。

ジェスアルドはリリスの兄であるエアム王子の言葉を思い出しながら、だからこそ言わなければならないことを口にした。

「リリス」

「はい」

「約束してほしいことがある」

「何でしょう？」

「……この先、もし嫌なことがあったり、つらいことがあれば、我慢しないでくれ。何も耐える必要はない。ここに、この国に留まることができなければ、フロイトに帰ってもいい。だから、絶対に無理をしないでくれ」

「ジェド、それは――」

「頼むから約束してくれ」

ジェドの言葉にリリスは息を呑んだ。

数日前に交わされた同盟にも、お互いの国益にも多大な影響を及ぼすその言葉に、リリスは抗議しかけたが、切実な表情のジェスアルドに遮られて続けられなかった。

「……わかりました。約束します」

要するに、我慢も無理もしなければいいのだ。

正直なところ、ジェスアルドがそこまで言うのがなぜなのか、気にはなったが、それはそれ。

また今度考えようと、リリスはそのことは脇に置いて、ほっとした様子のジェスアルドに勢いよく抱きついた。

ふいをつかれたせいか、ジェスアルドはそのままベッドに倒れ込む。

「飲み物はいらないんですよね？」

「ああ」

「無事に約束もしましたし、話し合いも終わりですよね？」

「……ああ」

「では、夜はこれからですね？」

「…………ああ」

ベッドに花びらが舞い、リリスに質問攻めにされる中、ジェスアルドは状況を整理しようとした。

これはひょっとしなくても、押し倒されている気がする。

そしてリリスを見れば、にこにこと楽しそうに笑っている。

先ほどまでの緊張はどこへ行った？　と思ったが、ジェスアルドは諦めた。

確かに、夜はまだまだこれからなのだ。

ジェスアルドは瞬く間に体勢を変え、驚くリリスを見下ろして、ぽかんとあいた唇に唇を重ねた。

それからしばらく後、ジェスアルドはぼそりと口を開いた。

「……リリス」

「はい？」

「花びらは次からはいらないな」

色々な意味で邪魔でしかなかったバラの花びらに対して、ジェスアルドが感想を言うと、リリスも同意して頷いた。

「そうですね。手引書には雰囲気を盛り上げるのに効果的と書いてあったのですが、もったいないだけでしたね」

「……手引書？」

「はい。昨日、皇宮の図書室から借りてきたんです。『これで夫婦円満！　～倦怠期を乗り越える十の方法』って本です」

「……」

倦怠期どころか、まだ始まってもいなかった結婚生活に、その手引書は必要だったのか。

そもそも、誰が借りてきたのか――いや、たとえ侍女だとしても、皇太子妃がそんな本を借りたことに司書はどう思ったのだろう。

それ以前に、皇宮の図書室になぜそんな本があるのか。

色々と突っ込みたいことはたくさんあったが、やはりジェスアルドは何も言わなかった。

そんなジェスアルドをよそに、リリスはまたごそごそと動いて夜衣をまとっている。

そして起き上がると、横たわったままのジェスアルドを見下ろして、にっこり笑った。

「明日はどちらにしますか？」

「は？」

「私の部屋と、ジェドのお部屋。どちらがいいですか？」

「……この、部屋で」

「わかりました。では、明日は花びらはなしで、お待ちしております！」

これは要するに、もう出ていけということなのだろうか。

そう思い、ジェスアルドは起き上がってガウンをまといながら、顔を赤くして目を逸らしているリリスを見つめた。

「リリス、その……体は大丈夫か？」

「え？　あ、はい。ばっちりです！」

「そうか……。だが、無理はしないでくれ。あなたはあまり体が丈夫ではないのだろう？」

「いぇっ、……えっと、はい」

すっかり忘れていた病弱設定をジェスアルドに言われて思い出し、リリスは慌てて俯いた。

嘘を吐いている疚しさが顔に出ている気がしたのだ。

その仕草に、ジェスアルドは眉を寄せた。

「やはり、つらいのではないか？　先ほども言ったが、無理をする必要はないんだ」

「いいえ、無理はしていません。皆さん気を使ってくださるので、普段はお昼にゆっくり休めますから」

今日は思いがけない来客があったが、特にリリスに予定は入れられていない。

なんて好待遇だと喜んでいたリリスだったが、ふと気付いた。

自分のことばかりで、ジェスアルドのことを考えていなかった。

「す、すみません。私のことよりも、ジェドのほうが大変ですよね？　朝早くからお仕事をなさっているのに、こうして夜遅くまで私の相手をしてくださるなんて……。もっと早くに気付くべきでした」

「いや……それはかまわないが……」

「ジェドこそ、無理をなさらないでください。そうですよね、やっぱり毎晩はおつらいですよね？　お疲れのときはゆっくり休んでくださらないと、お体に障りがありますもの。ジェドがこうして譲歩してくださっているのに、私の要望ばかり押しつけてしまってました。……ごめんなさい。私はかまいませんので、どうぞ遠慮なく、無理なときはおっしゃってください」

「……」

これは男としての甲斐性を試されているのだろうかと、ジェスアルドは微妙に悩んだ。

しかも、リリスの目的が子作りであったことを、今さらながら思い出す。

そして結局は無難なことを口にした。

「私は問題ないが、どうしても執務等で遅くなるときがある。だからこれからは……この部屋に私が訪れることにするが、急な用事が入る場合もあるので、待たずに先に休んでほしい」

別に変なプライドを持っているつもりはなかったが、自分の言い訳がましい言葉にジェスアルドは顔をしかめた。

リリスはその表情を見逃さず、やはりジェスアルドは自分の要望に応えてくれるために無理をしているのだと思った。

「……わかりました。明日もお疲れのようならかまいませんので、ゆっくりなさってください。では、ありがとうございました。おやすみなさい」

「――ああ」

ベッドに座ったまま深々と頭を下げるリリスに、また微妙な返事をしてジェスアルドは寝室を後にした。

心配されているのか、用なし扱いされているのか、よくわからない。

ジェスアルドは自分の寝室に戻り、バラの匂いがしないことにほっとしながらベッドに横になった。

しかし、明日は約束どおりリリスの部屋に訪れるべきか、それとも休めと言われたとおりに避けるべきかをつい考えてしまい、目が冴えてしまった。

自分の馬鹿さ加減に呆れながらも仕方なく起き出し、執務室から持ち帰っていた書類に目を通す。

どう調べても、やはりトイセンの工場での報告はおかしいのだ。

どこかで搾取している者がいるに違いないが、再び別の査察官を派遣しても警戒されてしまうだろう。

そもそもあの査察官が本当に信用に足る人物なのかも調べなければならない。

彼自身が騙されているのか、ジェスアルドたちを騙しているのか。

（この国は大きくなりすぎたな……）

国が大きくなれば、それだけ人も増える。

人が増えれば、それだけ問題も生じる。

ジェスアルドは大きくため息を吐いて、別の書類を広げた。

ブンミニの町についても何か対策を講じなければならず、エアーラス帝国領土の北側は問題が山積みであった。

そのうえ、東のフォンタエ王国との問題もあるのだ。

帝国とフロイト王国とのこのたびの同盟によって、フォンタエ王は商業都市マチヌカンの利権を手に入れようと、さらに躍起になっているらしい。

しかも、まだ不確かな情報ではあるが、シヤナ国からの商船を海賊に扮して襲っているという。

「このままでは、戦になりかねんな……」

一人呟いたジェスアルドは、先ほどまでの悩みも忘れ、そのまま執務に没頭してしまった。

そして気がつけば夜は明けており、ここ数日続いた寝不足のせいで疲れが顔に出てしまったのか、父である皇帝や大臣たちにからかわれることになったのだった。

17

「リリス様、本日はたくさんの方から面会のお申し込みと、サロンへの招待状などが届いておりますが、いかがいたしましょうか？」

「ああ……昨日、コンラードと面会したからね……」

「そのようですね。ひとまず、あとでお返事しますと使者の方にはお帰りいただいておりますが、お返事はできる限りお早めになさったほうがよろしいかと思います」

「ええ、そうね……」

　少し遅めに目覚めたリリスは、朝の身支度を終えて、気分良く朝食を食べていたところだった。

　そこにテーナが一枚の用紙と封筒の束を盆に載せてやってきて、そっとテーブルの隅に置く。

　どうやら、面会の申込者のリストと招待状らしい。

　お行儀は悪いが、返事を急いだほうがいいならと、リリスは食事をしながらリストに目を通していった。

リストには几帳面なテーナの字で面会希望者の名前・爵位等が記されている。

(うーん、やっぱりお会いするなら上位の方からじゃないと失礼だし……。でも、一人一人にお会いするのは面倒だしなあ……。ちょっと難易度が高いけど、手っ取り早く上位の方が催すお茶会に参加するのが一番かな。そこで人間関係を把握して、面倒になったら気分が悪くなったことにして抜ければいいか。うん、病弱設定って便利だわ)

リストを眺めながら考えて、いったん食事を終わらせる。

それからレセがお茶の用意をしてくれている間に、招待状の差出人の確認を始めた。

さすがというか、テーナは爵位順に並べてくれているので、あとは開催日時の確認だけ。

そしてリリスは、一番上にあった招待状を目にして顔をしかめた。

「――テーナ、このお茶会には出席するわ。あとはそうね……これとこれとこれは欠席で。あとのこれらは体調を考慮してからお返事したいと返すことにするわ。今日の面会については、このお茶会に出席するのでと、全て断ってくれる？　そちらで皆様にご挨拶したいからと。時間はかぶっていないけれど、わかってくれるはずだから」

「かしこまりました。ところで、なぜこのお茶会を選ばれたのですか？」

「それはもちろん、バーティン公爵夫人が主催されるからよ。陛下の弟君でいらっしゃるバーティン公爵の奥様で、コンラードのお母様なんだもの。この皇宮で一番の権勢を誇っていらっしゃるでしょうから、上手くお付き合いしないと。ご婦人方を敵に回しては、皇宮では生きていけないわ。それに、この〝ささやかなお茶会を催すことになりましたので〃って、絶対に昨日のことがあったからよ。私がコンラードと面会したものだから、気になったのね。それで急にこの皇宮のサロンで開催することにしたんだわ」

よくできました、と言うようなテーナの笑顔に、どうだとばかりの笑顔を返す。

これでも一応、王女としての教育は長年受けているのだ。

「今日はある意味、正念場だもの。ミスはしないわ。任せてくれて大丈夫よ！」

調子に乗ったリリスがそう言うと、テーナが無言で片眉を上げた。

昨日、調子に乗ってりんご酒のことなどをコンラードにしゃべりすぎた失敗のことを暗に告げているのだ。

それがちょっと悔しくて、リリスは知らんぷりをしてレセの淹れてくれたお茶を飲んだ。

昨夜、色々と用意してくれていたお酒の中で、りんご酒だけがなかったのはおそらくわざとだろう。

今日こそは絶対に気をつけようと決意したとき、テーナがそういえばと口を開いた。

「昨日は、ボルノー伯爵との面会をすぐにお決めになっていらっしゃいましたが、何か理由がおありなのですか？」

「それはもちろん、コンラードがア――」

「あ？」

「……挨拶するのに一番かなと思ったからよ！」

「さようでございましたか。いつもは形式ばったことはなるべく避けていらっしゃるので、どういったご心境の変化かと心配いたしました」

「失礼ね。私だって、やるときにはやるわよ。面倒なことはさっさと済ませるに限るんだから」

「……では、本日もどうかお気をつけて、さっさと済ませてくださいませ」

わざとらしく深々と頭を下げたテーナは、リストと招待状を持って下がっていった。

テーナの「お気をつけて」は発言に気をつけてということだ。

言い返せないことがやはり悔しいが、今度こそは立派な淑女として——皇太子妃として、エアーラスの人々に認めてもらわないといけないのだから、頑張らなければ。

リリスが意気込んで臨んだ公爵夫人主催のお茶会は、予想外に和やかに進んだ。

公爵夫人は結婚前に一度対面したときと同じように、柔和な笑みを浮かべ、常にリリスに気を配ってくれる。

もちろん、一癖、二癖はありそうだが。

そんな夫人につられて、他の夫人たちも同じように接してくれるのだ。

まあ、実際のところはリリスが皇太子妃という立場だからだろう。

それでもリリスは緊張を解いて、自然に皇太子妃として振る舞うことができた。

そして、ある程度慣れてきたところで、もう一つの目的を達成するべく、リリスはある二人の人物を目で探した。

トイセンの街の領主であるコート男爵夫人と、ブンミニの町の領主であるエキューデ夫人だ。

この二人から、領地の現状を直接訊いてみたかった。

ただし、公爵夫人の〝ささやかなお茶会〟なので、出席しているかどうか確信はなかったが、幸い二人とも出席していた。

皆が最初の挨拶に訪れたときにしっかりチェックしていたので、ドレスのデザインで後ろ姿でもわかる。

リリスはさり気なくその人物に近づき、少しだけだが二人それぞれと話をすることができたところで満足した。

「バーティン公爵夫人、本日はこのような素敵なお茶会にご招待してくださり、ありがとうございました。ただ楽しすぎて、少し疲れてしまいましたので、私はこれで失礼させていただきます。途中で退室することを、どうかお許しください」

「まあ、妃殿下。そのようにもったいないお言葉を頂き、光栄でございます。もちろん、こちらのことはお気になさらず、どうかゆっくりお休みになってください。皆には私から伝えておきますので、どうぞこのまま……もっと付き添いの者が必要でしょうか？」

「いいえ、侍女がいるので大丈夫です。彼女は私の体調などにも慣れているので。では、失礼いたします」

こっそりと公爵夫人に告げて、隅に控えていたテーナを目で呼び、リリスはお茶会を抜け出した。立場上、十分に注目は浴びていたが、あとは公爵夫人が上手く取り計らってくれるだろう。

リリスが退室した後はどのように噂されていたか、レセに情報を仕入れてもらえばいい。レセは皇宮に仕える多くの者たちと、すでに親しくしている。人の懐に踏み込むのが上手いのだ。

（うーん……トイセンの工場で賃金未払いが発生しているにもかかわらず、コート男爵夫人はかなり羽振りがよさそうだったわね。昼間からあんなに宝石を身に着けるなんて、ちょっと下品に思えるほどだわ）

テーナと部屋に戻りながら、リリスは目的の一人だったコート男爵夫人のことを考えていた。

コート男爵の領地はそれほど広くないはずだ。あとでしっかり調べようと心にメモをして、さらにもう一人、エキューデ夫人のことに思いを巡らせた。

彼女の夫は爵位がないので、本来なら今回のような公爵夫人主催のお茶会に呼ばれるような身分ではないが、彼女の実家が由緒ある伯爵家であるため、一応は主立った催しの招待状が届くようだ。

小さいながらフロイト王城でも、色々とややこしい人間関係はあったが、エアーラス帝国となると規模も大きい。

（ああ、面倒よね……。でも、仕方ないわ。自分で選んだ道だもの）

先ほどのお茶会で夫人たちはかなりリリスに同情的だった。

そのくせ、ジェスアルドに酷い仕打ちをされていないか、興味津々で聞き出そうとしてくるのだ。

（でも、エキューデ夫人はそんなことなかったわね。むしろ私が同情してしまいそうなほど、疲れて見えたわ。ドレスも質素だったし……）

ひとまず、やるべき挨拶は終わり、知りたかった情報も少しだが得ることができた。

これで当分、また部屋に引き籠っていられると思うと嬉しくて、どうやら顔に出ていたらしい。

テーナに気分が悪いように見えないと注意され、慌てて儚さを演出しつつ、リリスは部屋に戻った。

そして夜になり、部屋を訪れたジェスアルドは、リリスをしげしげと見つめながら問いかけてきた。

「大丈夫なのか？」

「何がですか？」

「今日はバーティン公爵夫人の茶会に出席したと聞いたが……」

「ああ、はい。公爵夫人も皆さんも、とても温かく迎えてくださって、楽しい時間を過ごすことができました」

「そうか……。だが、途中で退席したのだろう？　今日はゆっくり休んだほうがいい」

「え？　あ、でもお昼寝をしましたから……」

途中退席の話を聞いての質問だったのかと、慌てて答えたのだが、ジェスアルドは納得しなかったようだ。にっこり笑ってみせたリリスだったが、ジェスアルドは踵を返した。

病弱設定失敗である。

「あ、あの、お願いがあります！」

「……何だ？」

そのまま部屋に戻ろうとするジェスアルドをつい呼び止めてしまったが、リリスは特に何か考えていたわけではなかった。

ただこのまま帰したくなかったのだ。

だがすぐに名案を思いついて、リリスは再びにっこり笑った。

「明日……いえ、明後日でも、昼食か夕食をご一緒したいのです」

「それが願いか？」

「いいえ、お願いはそのときに申します」

リリスの言葉に、ジェスアルドは初めて会った頃のような、不機嫌そうな表情になった。

「なぜ今、言わない？」

「皇后様の元侍女の方が申しておりましたから。寝所で夫への願い事を口にするのはご法度だと。国が乱れる原因になるからだそうです」

「……それで、昼間に言うつもりなのか？」

「はい」

過去の世界史を振り返れば、寵姫の甘言に惑わされ、国を滅ぼした愚かな王は数多くいる。

「……では、明日……昼食を一緒にできるよう手配しよう」

「わかりました。ありがとうございます」

「ああ」

ジェスアルドは気を引き締めて重々しく頷いた。

嬉しそうにぱっと顔を輝かせたリリスを目にして、思わず微笑みそうになったのだ。

これでは嫌悪する愚王そのものである。

ひょっとして今までのおかしな言動は、油断させるためだったのではないか。

そんなことまで考え始めたジェスアルドの耳に、リリスの明るい声が聞こえた。

「おやすみなさい」

しかし、ジェスアルドは笑顔のリリスに軽く頷いただけで、自室へと戻っていく。

リリスはその背を見送りながら、どうやら大失敗をしてしまったことに気付いた。

（やっぱり、お願いなんて言うんじゃなかったかな……）

後悔しても仕方ないが、あのときとっさに口から出てしまったのだ。

ジェスアルドと会えるのは夜しかない。

それで昼間に会えれば、さらに昨日から考えていたことをお願いできれば、一石二鳥だと思ったのである。

(まあ、いいわ。言ってしまったものは、なかったことにできないんだから、初志貫徹！頑固一徹！)

リリスは寝室で一人立ったまま、拳を振り上げた。

だが、何となく虚しくて拳を下ろし、ため息を吐く。

(あーあ。自業自得とはいえ、今日はしないのか……)

ベッドまでしょんぼり歩いて、気を紛らわすためにもダイブする。

それでもまったく気は晴れない。

病弱設定が仇になってしまったばかりか、昨夜自分からジェスアルドに無理をしなくていいと言ったばかりなのだ。

(これって、やっぱりジェドは無理をしてくれていたってことだよね……)

そう思うと何だか落ち込んできて、ベッドの上をゴロゴロ何度も往復してみたものの気分は沈むばかり。

仕方なく起き上がったリリスは、ローテーブルの上に用意されたお酒に目を止めた。

今日はちゃんと、りんご酒もある。

(うん、こうなればあれよ、あれ……。そう、やけ酒よ！)

そう決意したリリスは、生まれて初めて、やけ酒なるものを実践した。

要するに、今までに飲んだことがないほど――りんご酒を丸々一本飲み干したのだ。

そしてリリスはふらふらとベッドへ千鳥足で戻り、ばたりと倒れ込んだ。

そのまま意識を失うように、リリスは眠ってしまったらしい。

次にリリスが目を開けたときには、知らない場所にいた。

そこでこれが夢だと気付く。

(頭が痛い……。それに気持ち悪い。……ということは、間違いなくこれは現実夢ね……)

今までになく気分が悪いが、現実夢なら何か情報はないかと、リリスはふわふわふらふら移動していった。

(あれ？　ここって、ひょっとしてちょっと前に来た場所じゃない？)

頭痛を我慢しながら周囲を見回すと、行き交う人々の服装や建物から、やはりつい最近訪れた場所らしいことがわかった。

とはいえ、前回とは違う地域のような気もする。

まるで千鳥足のようにふわりふらりと揺れながら視線を動かしたとき、山の麓らしき場所から幾筋かの煙が上がっているのが見えた。

(まさか……山火事？　のわけないか。何か美味しいものでも作っているのかも)

そう思った瞬間、リリスは知らない建物内に移動していた。

いつものことなのでそのことには驚かなかったが、目にした光景には驚いた。

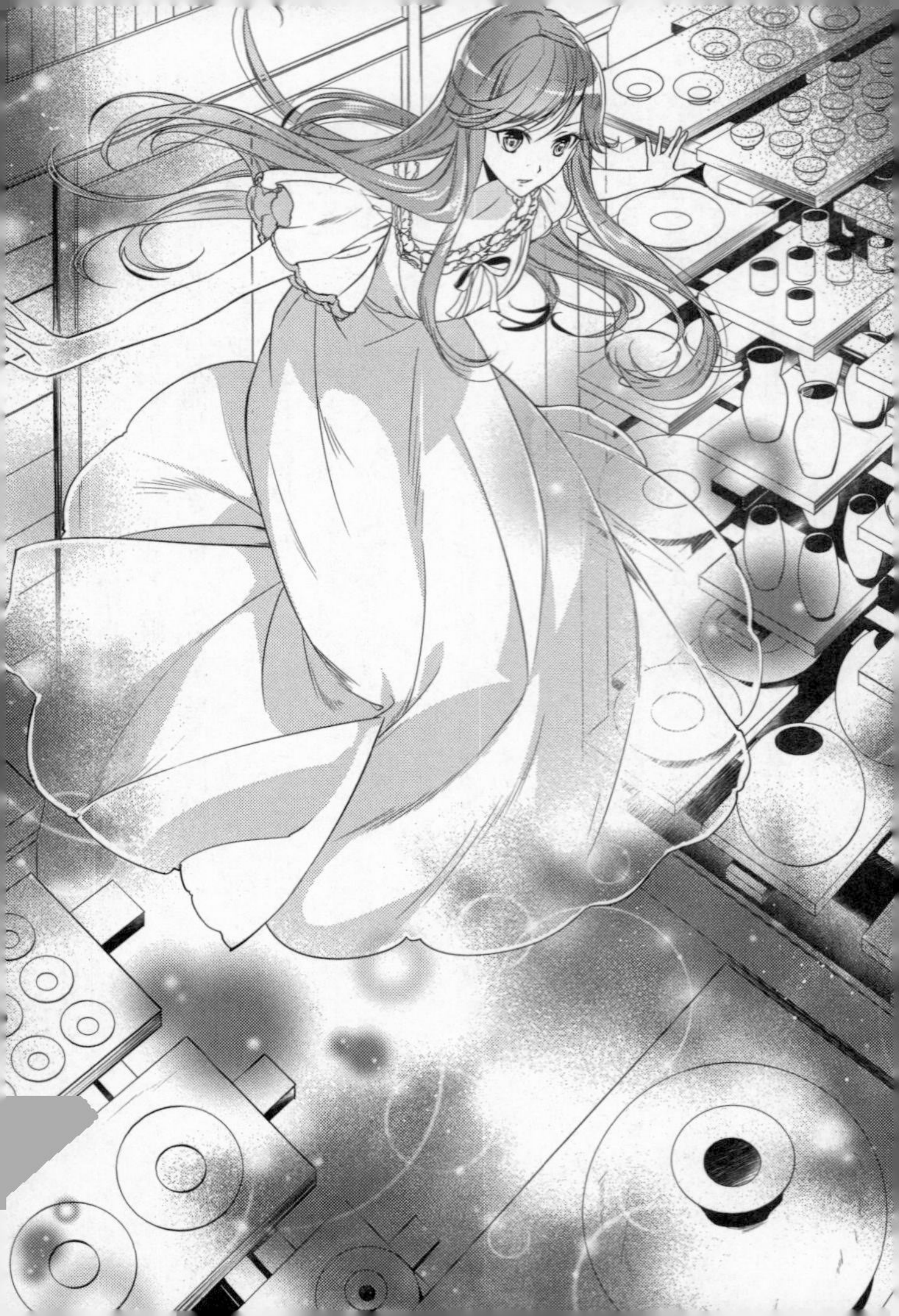

真っ白い器がずらりと棚に並べられているのだ。

まるでシャナのようだが、それにしては色も模様もなく素っ気ない。

建物から外に出れば、薪が大量に積まれた壁のない簡易な小屋も見える。

その隣の建物では人の気配があり、リリスはそちらへ向かった。

そして目を瞠る。

(これって……どういうこと？　だって、焼き物って……。ダメ、気持ち悪い！)

リリスはぱっと目を開けて、あまりの気分の悪さに急いで洗面室に向かった。

寝起きにすぐ動くこともきつく、それでも必死に足を動かしてどうにかたどり着いたリリスは、そのまま吐いてしまった。

どうやら二日酔いらしい。

こんなに気持ちの悪い思いをするなんて、二度とやけ酒なんてするものかと、リリスは後悔とともに強く誓ったのだった。

18

いつもは可愛らしい小鳥たちのさえずりさえも頭に響いて煩わしい。

そこにテーナが現れ、大きな大きなため息を吐いた。

「リリス様、まさかとは思いますが、あのりんご酒一本をお一人で飲まれたのではないのですよね？」

「……一人で飲んだのよ。でも、お小言はあとにして。今は……無理」

呻くようにリリスは答えて、レセの介抱を受けた。

それから再びベッドにたどり着き、横になる。

そんなリリスを呆れた様子で見ながらも、テーナは用意した薬湯を差し出した。

「さあ、これをお飲みになってください。少しはご気分も良くなるはずですから」

「…………臭いが酷い」

「安心してください。味も酷いですから」

「……勇気づけられたわ。ありがとう」

「どういたしまして」

「――うぉうぇっ」

「淑女として、今のお声はどうかと思いますが、まあ今回は仕方ありませんね」

「み、水を……」

やれやれといった態度でテーナがリリスに水を渡す。

それを飲み干して、リリスは布団にもぐり込んだ。

「今日はもう起きない。何もしない。起こさないで」

「またしばらくしましたら、今の薬湯をもう一度飲んでいただきます」

「いや」

「ですが、お飲みにならないと、お昼までにご気分は良くなられないと思います」

「いいもの。今日は何もしないんだから。私は病弱なの」

「では、先ほどご連絡があったのですが、皇太子殿下とのご昼食はお断りしてよろしいですね？」

「ダメよ！　――っつぅ……」

テーナに言われて昨夜の約束を思い出したリリスは、飛び起きた。

そして、頭の痛みに呻く。

それでも深呼吸を何度か繰り返して、痛みを落ち着かせる。

「昨夜……約束したの。だから……あれ、ちゃんと飲むわ」

「かしこまりました。それでは、しばらくおやすみください。またお時間になりましたら、軽くお声をかけさせていただきますから」

「わかったわ。ありがとう、テーナ」

「大したことはしておりませんから」

そう言って、テーナはそっと離れた。

きっと何かあったときのために、またすぐ傍で控えてくれるのだろう。

リリスは目を閉じて、確かに先ほどより気分が良くなっていると感じた。

それからどれくらい時間が経ったのか、テーナにそっと声をかけられて、リリスは目覚めた。

夢を見ることもなくしっかり眠れたせいか、あの薬湯のせいか、頭痛もかなり軽くなっている。

わざとらしい笑みとともにテーナから差し出された酷い臭いの薬湯を、今度はリリスも素直に飲んで、また横になった。

「ありがとう、テーナ。本当にかなり良くなったわ」

「それはようございました。では、お支度までにまだお時間はございますので、もうしばらくおやすみくださいませ」

「ええ、そうするわ」

答えて目を閉じたあと、リリスは今さら気付いた。

テーナはあの薬湯が酷い味だと知っていたらしい。

いつ飲んだのだろうと考えて、テーナの結婚歴のことを思い出した。

（そうね……テーナにも色々あったものね……）

あのとき、自分がもっと大人だったら、テーナの力になれたのにと考えて、結局今の自分でもダメだなと反省する。

たった今も多大な迷惑をかけているのだ。

（……あんなことぐらいで、やけ酒なんてするんじゃなかったわ。これは政略結婚なんだから。私が目指すのは、子作りと国造り。それでいいんだもの……）

うとうとしながらも自分にそう言い聞かせているうちに、再びリリスは眠りに落ちた。

だがどうやら、今度は夢の中に入り込んでしまったらしい。

これでは体力を使ってしまって、ジェスアルドとの昼食に集中できないかもしれないとは思いつつ、好奇心は抑えられなかった。

（ここって、昨晩――ううん、今朝方に訪れたばかりの場所だわ）

ふわふわと移動して、あの建物へとリリスは向かった。

そこでは、焼き物の素地が作られていたのだ。

リリスの知識では、素地は土を捏ねて粘土として器の形を作るものだと思っていた。

しかし、ここでは石を――白い岩を砕いて細かくし、水を張った大きな器にその粉末を入れ、上澄みを取り出して水分を抜き、粘土にしていたのだ。

（なるほど、それであの白い器が焼けるのね……。でも、それだけじゃ光沢も模様もないし、どうするのかしら……）

リリスはそれからの工程もしっかり眺めて勉強した。

だが当然、一度で覚えられるわけはない。

（でもきっと、またここには来ることができるはず……長期保存のできる食品のときだってそうだったもの）

根拠のない自信を漲らせて、リリスは目を開けた。

すぐさま枕元に置いていた用紙にメモをする。

声をかけかけたテーナはその様子を見て口をつぐみ、そっと部屋を出ていった。

時間的にもそろそろ支度に取りかからなければならない。

「リリス様……大丈夫でしょうか？」

「ええ、ありがとう。少し疲れてはいるけれど、気分も良くなったし、大丈夫よ」

洗面具を持って戻ってきたテーナの問いかけに笑顔で答えると、リリスはベッドから起き出した。

今日、この夢を見たのもきっとリリスの決断を後押しするためだろう。

そう判断して、リリスはジェスアルドに〝お願い〟するために、勇気を奮い起こした。

テーナとレセはいつもより念入りに支度を整えてくれる。

頬紅を少し濃いめにしたのは二日酔いのせいで顔色が悪いからだろう。

その気遣いに感謝しながら、リリスは招待された場所――ジェスアルドの自室へと向かった。

するとジェスアルドの従僕のデニスに、居間に繋がるバルコニーへと案内された。

「まあ、とても素敵だわ！　えっと、デニスだったかしら？　ありがとう」

「畏れ入ります。本日のようにお天気がよいと、室内よりもこちらのほうが気持ちよくお過ごしいただけるのではないかと思いまして……。妃殿下にお喜びいただけて安心いたしました」

どうやらデニスは主と違って、素直にリリスを歓迎してくれているらしい。

その主――ジェスアルドが姿を現したので、リリスは元気よく挨拶をした。

「こんにちは！」

「……ああ」

昨夜のことは気にしていないとばかりの笑顔を向けたが、ジェスアルドはリリスから目を逸らした。

そして、いつもはないはずのテーブルセッティングを見て眉を寄せる。

「今日はお天気がいいので、デニスがこちらに用意してくれたんです。とても素敵なアイデアですよね？」

ジェスアルドにとって、今日のリリスとの昼食は煩わしい噂が流れるのを避けるために、自分の部屋へと誘ったのだ。

それがまさか、バルコニーで食事をとることになるとは思いもしなかった。

しかも大きめのパラソルの下に座って笑うリリスは、まるでこの部屋の女主人のように見える。

ジェスアルドの信頼する従僕のデニスも平静を装ってはいるが、リリスの言葉を喜んでいるのは間違いない。

ジェスアルドは大きく息を吐いて、リリスの向かいに腰を下ろした。

「それで、願いとは何だ？」

「殿下……まだ一皿目も運ばれてきていません」

「それがどうかしたか？　用件は早く済ませたほうがいいだろう？」

リリスはこの言葉にカチンときた。

いつもは心の広いリリスも、今日は機嫌が悪いのだ。

「殿下は私と昼食を一緒にとると約束をしてくださいました。でも食事も会話も楽しむこともなく、そんなに事務的になさるのなら、食事の約束なんてなさらなければよかったのです。ただ会うだけの約束で。いいえ、それとも手紙にしたためてお渡ししたほうがよろしかったでしょうか？　そのほうが殿下のお忙しいお仕事の合間に読んでいただけるのですから。お急ぎなら今も無理してここに座っていらっしゃる必要はありません。どうぞ、お仕事に戻ってください」

ジェスアルドは唖然として、鼻息荒く一気にまくし立てるリリスを見ていた。

どうやらデニスも同様らしい。

今まで呪われた皇太子に対してこのようにはっきり言う者などいなかったのだ。

給仕の手伝いをしていたリリスの侍女だけが、まるで天を仰ぐようにかすかに上を向いた。

微妙な沈黙が漂う中、相変わらず小鳥たちが煩わしく鳴いている。

やがて、ジェスアルドが気を取り直すように軽く咳払いをして、何事もなかったかのように口を開いた。

「では……まず食事にしようか」

「はい」

リリスは明るく返事をして、ようやくその場の緊張が解けた。

めったに怒らないリリスだが、怒ったときも長くは続かない。

ほっとデニスは息を吐いて、一皿目を二人の前に置いた。

昼食なので晩餐ほどには形式ばっていないが、結婚後初めて二人での昼食ということで、用意を頼まれたデニスは悩んだ末に料理人と相談して準備をしたのだ。

それからは礼儀にのっとった会話が——ほとんどリリスが一人で話しているのだが、食事とともに進められた。

そしてようやくデザートも終わり、お茶が運ばれてくると、ジェスアルドが改めて最初の質問を口にした。

「それで結局……願い事とは何だ？」

「あ、はい。新婚旅行に行きたいんです」

「……新婚……旅行？」

耳慣れない言葉に、ジェスアルドは一語一語を切って問いかけた。

デニスも何のことかわからず不思議そうな顔をしているが、テーナはリリスの突拍子もない発言はいつものことなので冷静そのものだ。

「殿下、私たちは新婚です。巷では新婚夫婦はお仕事を休んで、しばらくのんびりと二人で旅行に行き、新しい思い出を作るものなんです。ですから、私も新婚旅行に行きたいんです。そうすれば、まだ知らないことばかりのお互いのことを、少しでも知ることができるじゃないですか」

リリスの言う〝巷〟はこの世界のことではないが、細かいことは気にしない。

だが、ジェスアルドは大体の内容を理解して、難しそうに眉を寄せた。

普通の者ならこの表情を見ただけですくみ上がるだろう。

「残念だが、私にはそのような時間はない」

「そうなのですか？　たとえば今、殿下が二十日ほどこの皇宮を留守にすると、戦争が起こるとか？　それほどに切迫した状況なのですか？」

「いや、そんなことはないが――」

「確かに多少の執務は滞るかもしれませんね。でも、ここには陛下も、頼りになる大臣方もいらっしゃいます。その方たちに少しずつ、殿下のお仕事を肩代わりしてもらえないのですか？　それほどに負担のかかるお仕事を殿下はなさっているのですか？　ああ、できる人ほど陥りがちなんですよね。自分がいないとって。でも意外と一人くらいいなくても、どうにか現場は回るものなんです。ですから大丈夫です！　もし、お休みをくれないって陛下がおっしゃるなら、これもお仕事の一環だとおっしゃってください。視察だと」

「……視察？」

相変わらず口を挟む間もないほどのリリスの訴えはようやく終わった。

その勢いに、デニスはまた唖然としているが、かなり慣れてきたジェスアルドは、最後の言葉を気に留めた。

「はい、視察です」

「どういうことだ？」

ジェスアルドは警戒しながらも興味を引かれたらしい。

リリスは一昨日から考え、昨日その理由もできたことで自信を持って口にした。

「私、新婚旅行にはトイセンの街へ行きたいんです」

「……トイセンだと？」

「はい。この食器はシヤナですよね？　とても素敵だと思いますが、私はトイセンの炻器(せっき)も好きなんです。それが昨日、公爵夫人のお茶会で出会ったトイセンの領主夫人のコート男爵夫人が、シヤナの人気で炻器がまったく売れなくなってしまったと嘆いていました。ですから、私たちがトイセンへ行って、炻器を一つ二つ気に入ってお土産に買って帰れば、売上も多少は上がると思うんです」

「一つ二つでか？」

鼻で笑うようなジェスアルドの態度に、リリスはにっこり笑って返した。

「殿下、私を誰だと思っているんですか？　殿下の妻ですよ？」

「……それで？」

「流行というものは、たいてい女性が作るものなんです。そしてその女性の中でも、私は殿下の妻――皇太子妃なんです。ですから、私の影響力はとても大きいんです。もちろん、変なやつだと思われないようには気をつけますから、安心してください」

「……」

確かに、結婚するまで多くの目があるときには、リリスも普通の姫に見えていた。そう思えば、そこは心配するべきことではないだろう。

そしてリリスの言うことにも一理ある。

さらには一理――いや、一理どころか、かなり効率のいい話でもあった。

新婚旅行とやらのふりをして、トイセンの実態を直接探ることもできるのだから。

すっかり考え黙り込んでしまったジェスアルドを、リリスは根気よく待った。

ここが勝負所だ。

自分の力のことを知られずに、これからのことをジェスアルドに納得してもらわなければならない。

「……あなたの願いはわかった。だが、なぜあなたがそこまでトイセンのことを気にするんだ?」

やがて口を開いたジェスアルドの言葉に、リリスは心外だという表情をしてみせた。いや、実際に心外なのだ。

「先ほども申しましたが、私は皇太子妃です。この国のことを思うのは当然ではないでしょうか?　確かに、この国にはたくさんの優秀な政務官の方たちがいて、私が口を出す問題ではないのかもしれません。ですが、フロイトでは父や兄だけでなく、困った状況に陥れば母や妹のダリアも一緒になって解決策を考えています。みんなフロイト王国のことを大切に想う気持ちは変わりませんから。それに、男性ばかりが頭を突き合わせて考えるより、女性の意見も取り入れてみると違った視点から見ることができて、意外に解決できたりするんですよ」

「……なるほど。確かに、あなたの言うとおりかもしれない」

女性が政治に口を出すと余計なことにしかならない。

寵姫に惑わされ国を傾けた愚かな王の例もあり、そう考えられているが、固定観念に囚われているのも、また愚かなことである。

「すぐに返答はできないが、考えてはみよう。予定を調整しなければならないしな。では、私はこれで失礼する」

「――はい、今日はお付き合いくださり、ありがとうございました」

お茶を飲み干して立ち上がったジェスアルドを見送るために、リリスも立ち上がった。

ここはジェスアルドの部屋だというのに、まるで本当にリリスが女主人のようだ。

だが実際、ジェスアルドは忙しいのだろう。

先ほどはかなり不躾なことを言ってしまったが、ジェスアルドが皇宮を留守にすれば政務官たちが苦労するのは間違いない。

（本当はブンミニの町にも行ってみたいと言うつもりだったけれど、今日はここまでで十分だわ。あまり要望が多くても怪しまれるだけだし……でも……）

深く深く息を吐いて、リリスはデニスにお礼を言うと、部屋へと戻った。

今までにないほど疲れている。

「リリス様、少しおやすみになられたほうがよろしいのではないですか？　かなりお疲れのように見えます」

「ええ、そうね。そうするわ」

テーナの気遣いに頷くと、レセに手伝ってもらって軽い寝支度をした。

そしてベッドに横になり、改めて息を吐き出す。

やはりかなり疲れているらしい。

それでも夜までには回復して、ジェスアルドに部屋へ来てほしかった。

本当のところは、それが一番の願い事だった気がする。

（でも、最初に失敗しちゃったしな……）

言い返す女性が男性にあまり好かれないことくらいは、リリスも知っていた。

それに体調のせいか、いつも以上にしゃべりすぎてしまった気もする。

きっとジェスアルドは呆れているだろう。

だけどそれはもう考えないようにして、リリスは目を閉じたのだった。

19

ジェスアルドは執務室に戻ったものの、仕事には手をつけず、先ほどのリリスの〝お願い〟を考えていた。

確かにリリスの言うとおり、今のところ二十日ほどなら留守にしても政務に大きな影響はないだろう。

最近、気になっていたトイセンに関して、リリスとともにあのあたり一帯を周遊すれば、そこまで警戒されることもないはずだ。

だが本当に、リリスはトイセンのことを――この国のためを思っての提案なのだろうか。

(コリーナはこの国のことには、何の関心も持っていなかったがな……)

そう考えて、ジェスアルドは顔をしかめた。

もう彼女のことは忘れなければならないのに、ふとしたときにこうして思い出してしまう。

それでは、リリスに対しても失礼だ。

わかってはいるのだが、なかなか切り替えられない。

ジェスアルドは大きくため息を吐いて、側近のフリオに声をかけた。

「フリオ、もし私が二十日ほど留守をするとして、いつぐらいなら政務に差し支えないだろうか？」

「殿下が二十日もですか？　それは少々……いえ、もちろん可能ですが、どちらへいらっしゃるかによるかと……。ご視察ですか？」

「いや……新婚旅行に行こうと思っている」

「……はい？」

いつも生真面目で冷静なフリオの驚いた顔に、ジェスアルドはにやりと笑った。

ここ最近は驚かされてばかりだから、たまにはいいだろう。

そんなジェスアルドを呆然と見ているフリオに簡単に説明する。

「妃がその〝新婚旅行〟とやらに行きたいと言っているんだ。正直なところ、興味はなかったが、トイセンに行きたいと言っている。コート男爵夫人と話をしたらしくてな……。確かに妃を連れていけば、そこまで勘ぐられることはないだろう」

「なるほど……それは名案ですね。その〝新婚旅行〟というのはよくわかりませんが、妃殿下にこの国を案内するという名目でトイセン周辺を……できればブンミニの町へもいらっしゃってはどうですか？　あの町のことも、殿下はお気になさっていらっしゃったでしょう？　直接ご覧になればまた、何か打開策が見つかるかもしれませんし、彼らも見捨てられていないと心強く感じるのではないでしょうか？」

「ブンミニか……」

緑豊かなフロイト王国で育ったリリスにとって、無骨な岩肌と坑道だらけの山を——その麓の町ブンミニを目にしてどう思うだろうか。

ジェスアルドはどうしてか、リリスのがっかりした顔を見たくなかった。

「フリオ、誰か使いをやって、妃にこの後もう一度会えないか訊いてきてくれ」

「はい、かしこまりました」

ジェスアルドの態度はリリスに指摘されたとおり、無礼だったかもしれない。

リリスにもう一度会ってきちんと訪問場所を決めれば、日程調整も早くできるだろう。

そう思いながら執務に戻ったジェスアルドだったが、しばらくして帰ってきた使いの者から、残念ながらリリスは午睡のために会えないと伝えられた。

かなり疲れている様子だったので、いつ起きるかもわからないと侍女は使者に告げたらしい。

先ほどは元気そうに見えたが、昨日の今日で無理をしていたのかもしれない。そう思うと、ジェスアルドは罪悪感に襲われた。

ブルーメの街からこの都までも、あまり無理はできないと言われ、ジェスアルドはいつもよりかなり行程を遅らせたくらいなのだ。

だがそれならば、本当にリリスは〝新婚旅行〟などに行けるのだろうか。

やはりリリスとはもう一度話をしなければと考え、明日の夜にでもまた部屋に訪れてみようと決意した。

一方のリリスはお昼寝から目覚め、ジェスアルドからの面会の申し込みがあったと知らされてショックを受けていた。

「ええ？　それで断っちゃったの？」

「はい。リリス様はぐっすりおやすみになっていらっしゃいましたので。残念なお気持ちはわかりますが、本当にお疲れのようでしたから、お声をかけることもしませんでした」

「そっか……わかったわ。ありがとう。またきっと向こうから何か言ってくるだろうし、仕方ないわね」

夢は見なかったが、どうにも体が重い。

おそらく昼間のジェスアルドとの昼食で神経を使ったせいだろう。

よく能天気だ何だと言われるが――実際そうだが――リリスだって、ここぞというときには気を使うのだ。

いつもなら夜にジェスアルドの部屋へ突撃することだって考えるのに、その気力さえない。

もう一度ベッドに横になってごろごろしながら、リリスはぼんやり考えた。

（赤ちゃんは当分、お預けかな……）

そこではっとする。

ひょっとして、今までの三夜で授かっているかもしれないのだ。

そう思った途端、どうしたらいいのかわからず、リリスはがばりと起き上がった。

（え？　でも、まだまだわからないんだよね？　月のものがこなくなって、それから……って、次の予定っていつだっけ？　ああ、どうしよう。もしできてたら、あんなにお酒飲んじゃった！　ベッドにダイブしたのもいけなかったかも！　ああ……）

フレドリックも言っていたとおり、子供は天からの授かりものらしい。

いつできるかなどはわからないと皇后様の元侍女も言っていたし、十四年も音沙汰がなかったのに、母はリーノを授かったのだ。

リリスはじっとしていられず、ベッドから起き出した。

そして何をするでもなく、寝室の中をうろうろと歩き回り始めた。

洗面具を持って寝室に戻ってきたテーナは、うろうろと歩き回るリリスを目にして、眉を寄せた。

「何をなさっているのです、リリス様？　檻に囚われた野生の狼のようですよ」

「失礼ね、別に羊を襲ったりなんてしないわよ」

新婚の夫を襲ったようなものではないかとテーナは思ったが、何も言わなかった。

もちろん、皇太子は羊のようにおとなしくはない。

それどころか、世間では〝紅の死神〟と恐れられている皇太子が、新婚の花嫁に夜這いをかけられるなど、誰に言っても信じてもらえないだろう。

テーナがそんなことを考えながら洗面具をサイドチェストに置くと、足を止めたリリスが勢い込んで迫ってきた。

「それより、テーナ！　私の月のものって、次はいつだった？」

「……リリス様は少し不順ですから、はっきりとはお答えできませんが、おそらく七日ほど後かと思います」

「そう……七日もあるのね……」

「いかがなさいましたか、リリス様？　どこかお体の具合でも――」

「あ、違う違う！　大丈夫よ。そりゃ、まだ少し疲れは抜けていないけど、そうじゃなくて……」

「そうじゃなくて？」

急ぎ熱を測ろうとリリスへ手を差し出しかけたテーナを制して、リリスは慌てて言い継いだ。

いつも少々では動じないテーナでも、リリスの体調に関しては人一倍心配することを忘れていた。

「その……赤ちゃんができたら、月のものってこないんでしょ？　だから、いつ頃わかるのかなって思ったの」

「そういうことでしたか……」

テーナは安堵したのかほっと息を吐いた。

だがリリスにとっては心配事が他にある。

「でもね、もし、もしよ？　赤ちゃんができていたら、昨日お酒を飲みすぎてしまったのってまずかったんじゃないかしら？　それにあの薬湯は？　ベッドにダイブもしたのよ？　赤ちゃんに何かあったらどうしよう……」

「一応、あとで医師に確認はとりますが、おそらくこの時期ならたった一度、お酒を過ごされてしまったくらいなら大丈夫ではないでしょうか？　薬湯も当然、リリス様のお体のことを考えて煎じられたものですから大丈夫でしょう。ただし、適度の量ならともかく、昨夜のように過ごされるのは、もうなさらないでください。いいですね？」

「わ、わかっているわよ。私だって、もうあんなに気持ちの悪い思いはしたくないもの」

「それと、またベッドに飛び込まれたのですか？　あれほどおやめくださいと申しておりますのに……。もちろん、今の時期でしたら御子に影響があるようなことはないでしょうが、そういう問題ではなく、妃殿下としての自覚を持っていただきたいと――」

「だって、昨日の私は傷心だったの！　殿下に振られてしまったんだもの！」

長々と始まったテーナのお説教を、リリスは勢いよく遮った。

その言葉にテーナは驚いたのか、一瞬口を閉じ、そして信じられないとばかりにまた口を開く。

「殿下に……振られたのですか？」

「そうよ。昨夜は……何もなさらず、お部屋にすぐに帰ってしまわれたの。お茶会で途中

退席した話をお耳にされたみたいで……」

「それは、リリス様のお体を気遣ってくださっているのではないですか」

「でも、大丈夫だって言ったのに……。それにお願いがあると言ったら、怒ったみたいだったし……。今日のお昼の私の態度だって、生意気だったわよね？　もうこのお部屋にいらっしゃらないかもしれない……」

テーナが再びほっと息を吐くと、リリスは涙目になって訴えた。

こんなに弱気になるリリスはかなり珍しい。

テーナはその理由に何となく思い当たったが、口にはしなかった。

おそらくまだ生まれたばかりの感情であり、これはリリスが自分で気付かなければいけないのだ。

「……大丈夫ですよ、リリス様。殿方というのは、気分屋さんが多いんです。それに殿下が噂されるような方ではないと、今なら私でもわかります。殿下は本当に、リリス様のお体を気遣っていらっしゃるのですよ。ですから、ご心配には及びません」

「……うん、きっとそうね。……テーナ、いつもありがとう」

いつものようににっこり笑顔でお礼を言うリリスに、テーナはとても優しい笑顔で返した。

途端にリリスは元気になったようだ。

「テーナ、大好きよ！」

「はいはい、リリス様。でしたら、お顔を洗って、お元気になるために、しっかりお夕食を召し上がってください」

ぎゅっと抱きついてきたリリスに、今度は呆れのため息を吐いて、テーナはリリスの背中をぽんぽんと叩いた。

小さい頃から世話をしているリリスが、いつの間にか自分と変わらないほどの背丈になっている。

そのことに改めて気付いたテーナはこっそり苦笑して、リリスの支度を手伝ったのだった。

20

夕食をしっかり食べたあと、リリスはレセから昨日のお茶会後の噂を聞いた。

どうやら病弱設定が功を奏したのか、公爵夫人はリリスにかなり好意的だったらしい。

公爵夫人には、皇宮での地位を脅かす存在として意識されていたようなので、これでひと安心である。

さらには貴婦人たちのリリスの評価は上々どころか、かなり同情されているそうだ。

「それにしても、おかしな話よね。どうしてみんな皇太子殿下が呪われているって思い込んでいるのかしら。呪われる、呪われている、って言葉は聞くけれど、実際に呪われた人っているの？　そりゃ、コリーナ妃のことは気の毒だったけれど……。でも、冷静に考えれば呪いとは関係ないって気付くでしょう？　やっぱりおかしいと思うわ」

リリスが皇宮に仕えている者たちからも同情されていると改めて聞かされて、リリスは腹立ちまぎれに呟いた。

それにレセさえも頷く。

「さようでごさいますねえ。私も最初は噂と、あのご容姿に怯えてしまいましたけれど、特に何もありませんし、リリス様もお元気ですのに。……二日酔いはどうかと思いますけれど」

「それは言わないで。関係ないんだから」

すかさずリリスが突っ込む。

するとテーナは噴き出し、レセはくすくす笑いながら続けた。

「私もまだ十日ほどとはいえ、殿下は噂とは違っていらっしゃると思うようになりました。それなのに昔から仕えている人たちは信じているんですよね。しかも私が聞く噂はどうにも曖昧で、はっきりしないんです」

「それって……迷信みたいなものになっているのかしら」

「まあ、噂というものは勝手なものですからね。リリス様もよくご存じでいらっしゃいますでしょう？　ですから、リリス様がお元気でお過ごしになっていらっしゃれば、そのうち噂も消えていくのではないでしょうか？　というわけで、そろそろお休みになる支度をなさってください」

「そうね、そうするわ」

あれだけ昼寝をしても、夜もしっかり眠れることを知っているテーナは、そう言ってリリスを促した。

リリスも素直に頷いて、立ち上がると寝支度を二人に任せる。

それから寝室に入ったリリスは本も持たずにすぐにベッドに横になった。

やっぱり、あれだけ寝てもまだ眠い。

それなのに、リリスはわくわくしてきてしまった。

もし本当に子供ができていたらと、考えてしまったのだ。

(これからはお酒はもちろん、ベッドにダイブもしないようにしないとね。あとは……特にないかしら？)

母であるフロイト王妃がリーノを妊娠していたときのことを思い出してみるが、特にいつもの生活と変わらなかったような気がする。

元々、王妃はおっとりした性格だからかもしれないが。

(わかるとしても、あと十日は必要よね……って、あら？　ちょっと待って。もし、赤ちゃんができていたとしたら、もうジェドとのあれは必要ないってこと？)

そのことに気付いたリリスは、先ほどまでの高揚感がしぼんできてしまった。

自分から子供が欲しいと、それまでは協力してほしいと言って、ジェドは譲歩してくれているのだから、当然だろう。

リリスの目的は達成できるのに、なぜかため息が漏れた。

そもそも妊娠していた場合、わかるまではどうすればいいのだろうかと疑問が浮かぶ。

(どうしよう？　こういうのって誰に訊けばいいの？　お母様も皇后様の元侍女の方も何も言っていなかったし……。明日、医師を呼んで訊いてみる？　ううん、それは恥ずかしすぎる。それにこういう場合は産婆さん？　ああ、それは絶対にダメ。そんなことをしたら、先走った噂が皇宮中に広まって大事になってしまうわよね……）

うむむと悩んで、リリスは寝返りを打った。

その途端、名案を思いついた。

（そうよ！　フウ先生に訊けばいいんだわ。うん、ちょっと恥ずかしいけど、フウ先生なら知っているはずよ。残念ながら奥様はもう亡くなってしまわれたけれど、立派な息子さんがお二人もいるんだもの）

フレドリックは賢人で変人だと有名だが、息子二人は留守がちな父ではなく、しっかり者の母に育てられたせいか、堅実な人生を送っているらしい。

出身国を教えてくれないせいで、詳しくは知らないが、どうやらどこかの国の重要な官職に就いているとかどうとか。

悩み事が解決したせいか、すっきりしたリリスはそのまますぐに眠ってしまった。

そのため、ジェスアルドがそっとドアを開け、リリスが気持ちよさそうに眠っている姿に、安堵していたことには気付かなかったのだった。

＊　＊　＊

「何かと思えば、そんなことですか」

「そんなことじゃないわ、大切なことよ」

「ふむ。まあ、人それぞれですから、そうかもしれませんなあ」

翌日の午後、リリスはフレドリックを呼んで、気になることをずばり訊いたのだ。

すると返ってきたのは、気の抜けた言葉。

リリスがちょっとむっとして答えると、フレドリックの表情はにやにや笑いに変わった。

本当にこの人物があの〝賢人・グレゴリウス〟なのかと疑いたくなる顔だ。

「心配なさらなくても赤子は意外と強いものです。母親の腹の中でしっかり守られておりますからの。確かに、腹がぽっこりしてくるまでは慎重にされているべきでしょうが、寝たきりになる必要はありません。まあ、リリス様はよく寝たきりになりますがの」

「もう、茶化さないで。それはお母様だって普通に生活していたからわかるわ。お城にはお腹が大きくなっても働いている女性だっていたもの。その……それで、私が訊きたいのは……」

「ほうほう。そうでしたな。まあ、もし赤子ができていらしたなら、そのときはきちんと産婆に相談されるべきだとは思いますがの。十人十色、妊婦もそれぞれですからなあ。ですが、まだわかりもしないのに夜の営みをやめてどうなさる。そんな呑気なことをしておられたら、おお、この場合はしないでおられたらか……とにかく、十年たっても赤子などできませんぞ」

「そっか……そうよね……」

ほっと息を吐いたリリスを見て、フレドリックはにやりと笑う。

そして付け加えた。

「まあ、そこまで心配なさるのでしたら、あまり激しくはなさらんことですな。妊婦に激しい運動はご法度ですからの」

「……激しく？　いくら私でも、ベッドで激しい運動なんてしないわよ。そりゃベッドにダイブしたりはしたけど、もうしないって決めたし」

リリスはフレドリックの言葉に眉を寄せた。

途端に、フレドリックは「ふぉっふぉっふぉ」と笑い出したのだ。

ますます眉間にしわを寄せるリリスに、フレドリックはまるでひ孫を見るように目を細めた。

「いやいや、そうでしたの。リリス様のあけすけな物言いについ忘れてしまいますが、まだまだ新婚でしたの。どうやら思いのほか、殿下はお優しい方なのかもしれませんなあ。それともただ淡泊なだけか……ぶふっ！　紅の死神が淡泊……」

急に噴き出して笑いながらぶつぶつ言うフレドリックを、リリスは訝しげに見た。

たまにフレドリックはこうして一人ぶつぶつ呟き出すのだが、今回は何となく見過ごせない。

「フウ先生、何がそんなにおかしいの？　一人で笑うなんてずるいわ。ほんと、男性ってたまに集まってはヒソヒソゲラゲラ笑って感じ悪いのよね。お兄様に訊いても、男同士の話だからって教えてくれないの。今のフウ先生はそんなお兄様たちにそっくりよ」

「それは、すみませんでしたの。ですが、女性たちもよく集まってはヒソヒソクスクスしているではないですか」

「あら……それもそうね……」

フレドリックに文句を言ったものの、言い返されてリリスは納得した。

そういえば、女性たちもよくお茶会以外の場でもヒソヒソクスクスしているのだ。

「要するに、男と女は所詮、別の生き物ということですな。ですが、その垣根を超えることもできる。それが〝愛〟です！　……おや、今すごくいいこと言いましたぞ」

「はいはい。そうですね。愛って大事ね。でも、私たちは政略結婚だから。そのうち家族愛的なものは生まれるかもしれないけれど、それだけだわ。今の関係は、お互い妥協の結果なんだもの」

「ほーう。なるほど」

愛と言われても、初めにジェスアルドに宣言され、リリスも宣言したのだ。

二人の間に〝愛〟は存在しない。

そんなリリスに、フレドリックは探るような視線を向けた。

それが何だか居心地悪くて、リリスは話題を変える。

「ところで、今朝方の夢なんだけど――」

「おお！　どんな夢でした？　違う世界の話ですかの？」

リリスの夢の話になると、途端にフレドリックは子供のように顔を輝かせた。

たった今までのことはすっかり忘れたらしい。

「ううん、はっきりとはわからないんだけど、おそらくシヤナ国なんじゃないかと思うの」

「シヤナですか？」

「ええ、そう。このティーカップのような白い器がずらりと並んだ窯元を見たわ。まあ、形は違ったけれどね」

「ほうほう。それは実に興味深いですな。もし、リリス様が再現できるようになれば、がっぽがっぽの金儲けができますぞ。馬鹿みたいにシヤナに熱狂している者たちに売りつければいいのですからのお」

冗談めかして言うフレドリックに、リリスは笑った。

フレドリックもそれがどんなに無茶なことか、当然わかっているのだ。

「さすがに、保存食のようにはいかないわね。窯を一から作らなければならないし、他にも色々と大変だもの。想像してみて。エアーラス帝国の皇宮の片隅で、皇太子妃が煤で顔を真っ黒にして器を焼いているのよ？」

そんなリリスの姿を唖然として見つめるジェスアルド、そして皇帝陛下や貴族たちのことを想像すると滑稽すぎる。

二人はひとしきり笑って、お茶を一口飲み、そしてフレドリックがちらりと菓子皿に目を向けた。

「それで、トイセンですか？」

「そのとおりよ。もしトイセンでシヤナのような焼き物が作れるようになれば、素晴らしいと思わない？」

そう言って、リリスは菓子皿から最後の菓子を摘んで口に入れた。

今日はわざわざトイセンの菓子皿にお菓子を用意してほしいと頼んでおいたのだ。

「正直なところ、実際にトイセンの窯を見て、話も聞いてみないと何とも言えないし、そもそも原料となる岩が適しているのかもわからないから……。要するに、試してみないとダメってこと。でも殿下にどう納得してもらうかが一番の問題なのよね。フロイトならみんなすぐに協力してくれたんだけど……」

はあっとため息を吐くリリスを横目に、フレドリックは菓子皿を持ち上げてじっくり眺めた。

それから、「ふむ」と一つ頷くと、リリスに問いかける。

「私にはトイセンの炻器とシヤナとでは、まったく別物に思えますがな。本当にトイセンの窯でシヤナが作れるとお思いなのですか？」

「はっきり言うとね、できるわ」

「ほう？」

片眉を上げて疑わしげに答えたフレドリックに、リリスは顔を近づけて内緒話をするように話し始めた。

部屋には二人きりなのだが。

「フウ先生にだから打ち明けるわね。……私の見る夢はたいていばらばらだけど、最近気付いたの。悩みがあるときに見る夢は、たいていその悩みに関連しているのよ。もちろん取捨選択は必要だけれど、ここのところ見る夢は、私の悩みを解決してくれるんじゃないかってものばかりなの。まあ、見たくないものも見ちゃうけど……」

「なるほど……」

最後は愚痴のようになったリリスの説明に、今度はティーカップのソーサーを手に持ってじっくり眺めながら、フレドリックは答えた。

フレドリックは聞いていないようでいて、しっかり聞いてくれているのはわかっているので、リリスは何も言わない。

そしてリリスもカップを持ち上げ、光にかざした。

「……この透き通るようなシヤナのティーセットで、ブンミニの町の一年間の補助金が賄えるのよ。一昨日に招かれた公爵夫人のお茶会では、このシヤナのティーセットや菓子皿がいくつも使われていたわ。でもね、それは公爵夫人主催だからだそうよ。同じ皇宮のサロンを利用してのお茶会でも、主催者の身分によって使われる茶器が違うんですって。炻器や、他の陶器製のものに」

「ほう……」

「フロイトでも身分の差はあったけれど、やっぱりエアーラス帝国ともなると、すごく感じるわね」

「どうしたいって……思うところは色々あるけれど、私はフロイトでも、この国でもすごく恵まれた立場にいるわ。そんな私が何を言えばいいのかわからない。ただ、私はこのカップを使うに見合うだけのことをしたい。私がこのティーカップで公爵夫人たちと優雅にお茶を飲んでいる間に、この国の人たちが苦しんでいないように。せめて、食べるものに困るようなことのないようにしたいの。それが私の国造りよ」

リリスがカップを置いてまっすぐフレドリックを見ると、厳しいほどに真剣な表情になっていた。

フレドリックにしては、とても珍しい顔つきだ。

「では、私もリリス妃殿下の国造りに参加させてもらえることを期待しておりますぞ」

「もちろんよ。頼まれなくたって、お願いするわ」

それからは、山積みの問題をどう解決するべきか、二人であれこれと話し合いを始めた。

そしてテーナに、そろそろ夕食だと声をかけられるまで没頭していたのだった。

21

「ジェド！」

夜になって、寝室に顔を覗かせたジェスアルドを見たリリスは、嬉しそうに声を上げた。

だがすぐにジェスアルドの恰好に戸惑う。

「その、もう一度きちんと話をしたいと思い、あなたが寝てしまわないうちにと急いだのだが……大丈夫だろうか？」

「もちろんです！」

リリスの疑問を察して、ジェスアルドは昼間用の衣服の上着を脱いだだけの姿の説明をした。

当然、リリスはジェスアルドがどんな姿でも歓迎である。

「リリス、本当に大丈夫か？　休もうとしていたんだろう？」

すでにベッドに入っているリリスに、ジェスアルドは問いかけた。

その気遣いが嬉しくて、リリスはにっこり笑う。

「大丈夫ですよ。特にすることもないので、もう寝ようと思っただけですから」

そう答えてベッドから出たリリスに、ジェスアルドはサイドチェアに掛けていたガウンを渡した。

「ありがとうございます」

何だかんだでやっぱりジェスアルドは優しいなと思いながら、リリスはガウンを羽織り、長椅子に座った。

その隣にジェスアルドが腰を下ろす。

「お話って何でしょう?」

「昨日、あなたが言っていた旅行のことなんだが――」

「やっぱりダメなんですか?」

「いや、よい考えだと思う。確かにトイセンの街のことは私も気になっていたし、あなたにもこの国を少しでも案内できればと、よければトイセンだけでなく、あのあたり一帯を回ってみないか?」

「いいんですか!?」

「ああ」

顔を輝かせるリリスに、ジェスアルドは目を細めて頷いた。

リリスにとっては新婚旅行を断られたらどうするべきか、フレドリックと相談中だったのだ。

次はブンミニの町にも立ち寄るにはどう言えばいいかと考えていたが、それはジェスアルドが解決してくれた。

「それで、トイセンの他にブンミニの町へも行ってみようと思っているんだ」

「え？」

「ブンミニはホッター山脈の西側の麓に位置する小さな町で、緑豊かなフロイトの地で暮らしていたあなたには、いささかショックかもしれないが――」

「知っています。岩肌だらけなんですよね？」

「知っていたのか……」

ジェスアルドの提案に嬉しくて、リリスは思わず説明を遮ってしまった。

するとジェスアルドは訝しげな、それでいてほっとしたような表情で呟いた。

そこでリリスはもっともな理由を急いで述べる。

「はい。あの……公爵夫人のお茶会で、ブンミニの町の領主でもあるエキューデ夫人ともお話をしましたから」

「そうか……」

どうやら納得してくれたらしく、リリスは小さく息を吐いた。

思いがけず第一関門突破である。

ただそれよりも、ジェスアルドが自分の意見を取り入れてくれたことが、リリスは嬉しかった。

「だが、本当に大丈夫なのか？」

「何がですか？」

「あなたの体調だ。無理をさせるつもりはないが、また馬車での移動は体に堪えるのではないか？」

「だ、大丈夫です！　あの、あのときは緊張していましたし……兄は少し大げさなので……」

病弱設定がまたもや邪魔をしてくる。

そう考えると、本当にジェスアルドはリリスのことを気遣ってくれているのだと、胸のあたりがほっこりした。

「私、調べました。通常はトイセンの街まで馬車で五日ほどだそうですね？　そこからブンミニの町へは……」

「一日か、一日半というところだな」

ここではっきりブンミニの町までの時間も言ってしまうと怪しまれるかと、言い淀んだリリスの言葉をジェスアルドが補ってくれる。

感謝の笑みをリリスは浮かべて、続けた。

「今の時期ですと気候もいいですし、私は山道には慣れていますから、そのままの行程を組んでくださっても大丈夫です。でももし、ジェドのお休みがたくさん取れるなら、もう少しだけゆっくりと進んで、他の街の人たちにも挨拶できればと思うんです。この国の人たちにジェドの妻として認めてもらえたら嬉しいですから」

にこにこしながら言うリリスの言葉に、ジェスアルドは啞然とした。

自分は呪われた皇太子として、この国の民にも恐れられている。

そんな状況で果たして、道中も受け入れられるだろうかという疑問もさることながら、自分の——呪われた皇太子の妻として、民に認められたいなどと言うリリスが信じられなかった。

しかも考えてみれば、リリスまでもが冷たく当たられるのではないかと心配にもなってくる。

「しかし、私の評判であなたまで傷つけることになってしまうかもしれない」

「評判？……ああ！　呪われてるとか何とかってやつですか？　大丈夫ですよ。そんなものは笑って聞き流していればいいんです。事実じゃないんですから。それよりも、そうやって進めば、トイセンに着いたときにも警戒されませんよね？　まあ、お役所の方たちはお出迎えだ何だでちょっと迷惑をかけてしまいますが……」

「……あなたはトイセンのことをどこまで知っているんだ？」

〝呪われた皇太子〟の噂を忘れていたのか、リリスの反応に少し間があったことに驚きながらも、ジェスアルドはその後の言葉に引っかかりを覚えた。

しかし、リリスは何でもないことのようにまた笑った。

「だって、新婚旅行の行き先がトイセンだからこそ、ジェドはこの話を考えてくれたのでしょう？　それにブンミニの町まで行きたいなんて、本当に視察のおつもりでいらっしゃるじゃないですか」

ずばり思惑を言い当てられて、ジェスアルドは不審げにリリスを見た。

相変わらずリリスは笑顔を浮かべたまま。

「ジェド。私は昨日も言いましたが、フロイトでは国政に関わっていたんです。もちろん表舞台に立つことはありませんでしたし、起こる問題といえば、この国に比べてとても小さなことばかりでしたけれど、それなりの知識も経験もあります。ですから、一昨日のお茶会で、コート男爵夫人が『領地の財政が苦しい。炻器が売れない』と嘆いていながら、最新のドレスを着て、立派な宝石をいくつも身に着けていることくらいには気付いていました。それっておかしいですよね？」

リリスにとって、ここまで打ち明けるのは一種の賭けだった。

このままジェスアルドに警戒され、遠ざけられては元も子もない。

だが、この先の計画のことを思うなら、ある程度は認めてもらわないといけないのだ。

「……なるほど。私はあなたをずいぶん見くびっていたようだ。すまない」

「いいえ。たいていの方はそうですから気にしないでください。むしろ、それが武器となりますから」

狭量な男性なら、生意気だと怒ってもよさそうなものなのに、ジェスアルドは素直に自分の非を認めて謝罪してくれた。

それが嬉しくて、リリスは叫び出したいほどだった。

もちろん、それをすると台無しなので、必死に余裕を見せる。

するとジェスアルドはかすかに笑い、立ち上がった。

「それでは、そのあたりも含めて日程調整をしよう。決まり次第、あなたに連絡するので、もうしばらく待っていてほしい」

「え？　部屋に戻られるのですか？」

「……まだ何かあるのか？」

ドアへと向かうジェスアルドに驚いて、リリスは慌てて立ち上がり問いかけた。

ジェスアルドは足を止め、振り返って不思議そうに問い返す。

「ジェドは、まだお仕事が残っているのですか？」

「いや……」

「では、もっとゆっくりなさっていってください」

そう言って、リリスはジェスアルドとの距離を詰め、腕を摑んだ。

どころか、ベッドへと引っ張っていく。

わけがわからずされるがままのジェスアルドだったが、リリスとベッドに腰を下ろしたところで我に返った。

「リリス、あなたは……」

「もうすっかり元気です。ジェドはお疲れですか？」

「いや……そんなことはないが……」

「それはよかったです」

またまたにっこり笑うリリスの顔は期待に満ちている。

これはひょっとして、いやだがしかし。——と、男としての葛藤をしていると、リリスはジェスアルドのシャツの襟をぐいっと引っ張ってキスをした。

それから、照れくさそうに笑う。

ここまでされて引けるわけがない。

ジェスアルドはそう思ったが、やはり、とリリスに告げた。

「リリス、私はまだ湯を浴びていない。あなたに不快な思いを——」

「別に気になりませんよ?」

「いや、しかし——」

「まあまあ、いいではないですか」

「……」

結局、ジェスアルドは誘惑に負けてしまった。

その後、服を身に着けながら、ちらりとリリスを見ると、返ってきたのは満面の笑み。

まるで間男のような自分の姿と、リリスの変わらない態度に、ジェスアルドは堪(こら)えきれず噴き出した。

「ジェド?」

「いや……あなたは本当に面白いなと思って」

「ええ……」

不本意そうな顔をするリリスに、ジェスアルドは思わずキスをして、そして立ち上がった。

「……では、しっかり休んでくれ」

「はい、ありがとうございます」

「ああ……」

「ジェド、おやすみなさい」

ジェスアルドの背中に向けて、リリスが元気よく声をかけると、彼はドアの前で立ち止まり振り向いた。

「……おやすみ」

リリスが何か言う前にドアは閉まってしまったけれど、初めて挨拶を返してくれたことが嬉しくて、リリスはベッドに突っ伏してジタバタ悶えた。

それからはっとして、暴れてはいけないとおとなしくなったが、顔のにやけは収まらない。

しかもジェスアルドの笑い声まで初めて聞けたのだ。

今日はなんてついているんだろうと思い、リリスは上機嫌のまま眠りについたのだった。

22

翌日、さっそくリリスはフレドリックにトイセン行きが決定したことを伝えた。

すると、フレドリックのジェスアルドに対する評価は急上昇したらしい。

「ふむ。どうやら、皇太子殿下はなかなかに頭の柔らかい方のようですのお。では、第一関門は突破ということで、次に陶工たちとどう話をつけるかですなあ」

「そうねえ。そんなに大勢じゃなくて、一人、二人でいいんだけど、その人をどう見つけるかが問題なんだと思うわ。もし工場で不正が行われているなら、気安く誰でもというわけにはいかないし……。できれば熟練の焼き物師さんがいいんだけど。私、人を見る目には自信がないのよね」

「リリス様、そこは自慢するところではありませんぞ」

堂々と自分の欠点を宣言するリリスに、フレドリックは突っ込み、ふむと考えた。

そして、拳をもう一方の手のひらにポンッと打ちつける、ありきたりの仕草をしてみせる。

その白々しさに、リリスが胡乱（うろん）な視線を向けると、フレドリックはにんまり笑った。

「人選は殿下にお任せすればよろしいのですよ」

「ええ？」

「わしの弟子が今、この皇宮で要職に就いているのは、殿下に抜擢されてのこと。つい先日も弟子は『この私の実力を見抜かれた殿下は、人を見極めるお力をしっかりお持ちです』と申しておりましたからな」

「……さすがフウ先生のお弟子さんね。その自信家さんを信用するとして、まさか殿下に全てを打ち明けるってこと？」

「別に全てでなくてもよろしいのですよ。殿下に納得していただければ。事実を少し脚色してしまえばいいのです。そうですな……今回は、たまたまシヤナの作り方を知っていたことにしましょう」

「誰が？」

「リリス様が」

「それは無謀すぎない？」

「なら、私が知っていることにしてもいいですぞ。何せ、私は〝賢人〟ですからな」

「変人でもあるけどね」

ぼそりと突っ込んだリリスを、フレドリックはわざとらしく睨みつける。

それを無視して、リリスはシヤナのカップからお茶を飲んだ。

「まあ、冗談はさておき、フロイト王国はここ十年ほどで大きく発展しましたな。それも全て新しい知識によって。もちろん、それがリリス様の夢のお陰だとは皆知りませんが、何か秘密があるのではと思う者は多くいますからな」

「ええ、そうね。今までに何度も各国から密偵が送り込まれていたもの。でも私たちは新しく得た知識を隠しはしないから、そこまで問題にはならないんだけど……。ただ、まだ他にも新しい知識が隠されているのではないかって、探ってくる人たちが一定数いるのよね。特別な錬金術を知っているんじゃないかって。ほんと、人間の欲望には際限がないのかしら」

呆れのため息を吐くと、フレドリックは達観した様子で笑った。

人生経験の長い彼は、人間の欲望についてよく知っているのだろう。

「ですが、密偵だけでなく、素直に他国から遊学に来ている者もいたはずですぞ。中にはかなり遠い国から来ていた者もいたでしょう？」

「フウ先生みたいにね」

「そうですな。要するに、その中の一人から聞いたことがあると言えばいいのですよ。ですが、知識しかないので、実践できる熟練の陶工に試してもらいたいと」

「ああ、なるほど。ちょっと嘘臭い気もするけど、口裏はお父様たちがいくらでも合わせてくれるはずだから、そこの心配はないわね」

一応は筋が通っている説明に、リリスは納得したが、フレドリックの顔からは先ほどの笑みは消えている。

「まあ、少々問題はありますぞ」

「……問題？」

「フロイト王家出身のリリス様がその知識を持っているということは、他にも珍しい知識を持っているのではと思われることです。先ほどおっしゃった特別な錬金術を。それは御身を危険にさらすことでもあるのですぞ」

「あら……」

「リリス様がおっしゃったとおり、人間の欲望には際限がない。ただこの提案をさせていただいたのは、リリス様がエアーラス帝国の皇太子妃になられたからでもあります」

「……要するに、私の護衛がたくさんいるから？」

「そのとおり。フロイト王城よりも、ここは厳重な警備体制が敷かれていますからな。それにほれ、リリス様がたとえ知識の宝庫でなくとも、この国の後継者問題に絡んでくる存在ですからの。さらには呪いとは関係なく、今までの戦で数々の恨みを買っておられるであろう殿下のお妃様なのですから、狙われる確率は倍率ドン！　まあ、狙われる理由が一つ増えるということですな」

「それについては諦めるわ。護衛の人たちには申し訳ないけれど、基本的に私は引き籠りだし、守りやすいと思うの。というわけで、殿下へ打ち明けるべきタイミングなどの詳細はまた詰めるとして、次に問題なのは、材料なのよね」

自分の命がかかっているというのに、リリスはあっさり片づけてしまった。

フレドリックだけでなく他の皆も思っていることだが、リリスは自分の価値を低く見ていることが問題である。

しかし、そのことを今ここで論じても仕方ないので、フレドリックは次なる話題に集中した。

「陶器や炻器のように、土から捏ねるのではなく、シャナは石を細かく砕いて粘土を作るということでしたな」

「そうなのよ。でも、何でもいいわけじゃなくて、その石が重要みたいなの。そして、私の予想では、その石がブンミニの町の近くの鉱山を掘った後に放置されている石――岩なのよね。夢だと実際触れないのが残念だけど、見る分にはよく似ていたわ」

「では、その岩も運ばなければ試験はできないというわけですな」

「ええ。しかも水に沈殿させて上澄みを取り出し、程よく水分を抜いて粘土にするのに時間もかかるから……。いっそのこと、私だけでもしばらくトイセンに滞在したいのよね。そして、それだけの難題をこなして焼き上げたとしても、素焼きでしかないから……」

「釉薬ですか？」

「そうなの。炻器は自然釉らしいから、釉薬については他の……陶器の窯元の協力がいるんだけど……トイセン近くに陶器の産地ってないのよね」

トイセンのことが気になってから、焼き物についてリリスは調べられるだけ調べ、陶器では釉薬というものが使われていることを知ったのだが、炻器では使われないらしい。土と炎と灰で生成される自然なコーティングの美しさを楽しむのだそうだ。

そして、同じ模様のものは作れないからこそ価値があると、今までもてはやされていたのだ。

また自然釉で美しい模様を焼き上げるためには、トイセンの土が最適だったために、トイセンの街は炻器の一大生産地になったのだった。

リリスが夢で見たシヤナの生産過程では、素焼きの白い器に液体——釉薬をかけてもう一度焼いていた。

すると、あの美しい光沢が生まれていたのだ。

さらには色々な釉薬があるらしく、真っ白な器だけでなく、エメラルドのような色の器や、模様を描いた器まであった。

きっと、あれらと同じようなものを作ることができれば、今大陸で流通しているシヤナを上回る人気が出るはずだと、リリスは確信していた。

リリスとフレドリックがあれやこれやと話し合っているところに、テーナがやってきた。外を見ればまだ陽は高く、夕食の時間でもない。

いったいどうしたのかと思えば、テーナは申し訳なさそうに告げた。

「あの、ボルノー伯爵がご面会にと、いらっしゃっております」

「コンラードが？」

「はい。リリス様は只今お勉強をなさっていらっしゃいますと申し上げたのですが、でしたらご自分もご一緒したいと。フロイトからわざわざ教師をお連れになったのだから、よほどの知識人なのだろうと……」

テーナの言葉に、リリスとフレドリックは顔を見合わせ苦笑した。

これは嫌みなのか、それとも本当にフロイトの知識を得たいと思っているのか。

「フウ先生はどう思います？」

「わしは別にかまいませんがの」

「そう。では、テーナ。コンラードをお通ししてちょうだい」

おそらくフレドリックは了承するだろうと思っていたが、予想どおりだった。

何でも知りたがりのフレドリックは、ジェスアルドの後継者とされているコンラードが気になるのだろう。

リリスは急ぎ広げていたメモを片づけ、適当な――トイセンやブンミニの町周辺のことが書かれた風土記を広げた。

そして、部屋へ入ってきたコンラードを迎える。

まだそこまで親しくなっていないコンラードが、勉強中に割り込んでくるのは礼儀に反しているのではないかと思ったが、リリスは笑顔を浮かべたまま立ち上がった。

フレドリックも普通の教師のふりをして、恭しくお辞儀をしている。

「ああ、お元気そうでよかった。母が催したお茶会で体調を崩されたと聞き、心配していたのです。すぐにでも駆けつけたかったのですが、やはり妃殿下が回復してからと……。ですが、今日は絶対にお話をしなければと思い、こうして伺ったのです」

「……それは、ご心配をおかけしてしまったようで、ごめんなさい。でも、もう大丈夫ですから」

「そのようですね。安心しました。母は少々強引なところがあるので、妃殿下に無理をさせてしまったのでしょう?」

「いいえ、公爵夫人にはとてもお気遣いいただいて、楽しい時間を過ごすことができました。他の夫人方にも紹介していただき、大変感謝しております」

「それはよかった。母にもそのように伝えておきますね。きっと喜ぶと思います」

「……それで、ご紹介が遅くなりましたが、こちらが私の教師を務めてくださっている、ヨハン・フレドリック先生です」

入ってくるなりまともな挨拶もなく、自分の思いをつらつらと述べるコンラードに驚きながらも、リリスは笑顔で対応した。

強引なのは母親だけでないことに気付いていないようだ。

前回も思ったが、アルノーに似ているのは顔だけらしい。

アルノーならもっと礼儀正しく、周囲への気遣いも忘れないのに。

リリスはがっかりしながら、それでもフレドリックをどうにか紹介した。

すると、コンラードはフレドリックに対して、高慢な視線を向けた。

「ボルノー伯爵におかれましては、ご機嫌麗しいようで何よりでございます。私、ヨハン・フレドリックと申します」

「ヨハン・フレドリックか……。聞いたことのない名前だな。フロイト王国は新しい知識の宝庫だと思っていたが、やはり妃殿下のお父上でいらっしゃるドレアム国王が、機知に富んだ素晴らしい方なのでしょうね。一度でいいから、お話をしてみたいな」

コンラードは、身分の高い相手に対する挨拶にもなっていないフレドリックの嫌みに気付いていないらしい。

さっさとリリスに向き直り、朗らかな笑みを向けて世辞にもなっていないことを言った。

（ダメだ、こりゃ……）

リリスとフレドリックだけでなく、新たにお茶を用意しているテーナでさえも心の中で呟いた。

リリスにしてみれば、コンラードを後継者にと言っていたジェスアルドでさえ疑いたくなった。

（本当に、人を見る目があるの？）

その気持ちを込めてフレドリックを見れば、にんまり笑顔が返ってくる。

間違いなく、フレドリックはこの状況を楽しんでいる。

コンラードはといえば、テーブルの上に広げられたトイセンなどの資料を目にして眉を寄せた。

「そうだ。今日、こうして伺ったのは、妃殿下がジェスと――皇太子殿下とトイセンに向かわれると伺ったからです。大丈夫なのですか？　もしお断りできないでいらっしゃるのなら、僕から殿下に伝えて差し上げますよ？」

「……いいえ、大丈夫です。お気遣いいただき、ありがとうございます」

「遠慮なさる必要はありませんよ。トイセンは今、あまり治安も良いとは言えないのですから。そのような場所へ妃殿下をお連れするなど、殿下も何を考えているのか……。国内を案内するのなら、もっと妃殿下の喜ばれるような美しい場所を案内すればいいものを……。よろしければ、僕が案内して差し上げてもいいですよ。殿下は非常に忙しくしていますからね」

リリスはコンラードの提案にただ笑って首を振っただけだった。

おそらく今、口を開けば本音が出てしまう。

そのため、この後もずっとリリスは微笑んだまま、コンラードの話を黙って聞いていたのだった。

しゃべるだけしゃべって満足したのか、コンラードが帰っていくと、リリスはフレドリックに向き直った。

「……ねえ、フウ先生」

「何でしょうか？」

「私、さっきも言ったけど、人を見る目がないの。だから念のために訊くけれど、あれって、どう思う？」

「リリス様、お言葉が乱れていらっしゃいます」

テーブルを片づけていたテーナが思わず口を挟む。

問いかけられたフレドリックは、いきなり大声で笑い出した。

「いやあ、久しぶりに面白いものを拝見しましたよ。あそこまでのお坊ちゃんも、なかなかいないですからな。笑いを堪えるのが大変で、大変で」

「そうよね？　やっぱり面白すぎるわよね？　でも、本当にコンラードがこの国を継いだら、数年で内乱が起きるんじゃないかしら？」

「これこれ、リリス様。そのように物騒なことは無闇におっしゃるものではありませんぞ。まあ、傀儡としてはこれ以上ないほどの逸材ですがな」

「フウ先生も酷いわね。でも、これでわかったわ」

「何がですかな？」

「皇帝陛下が強引にこの婚姻を進めたわけが。ということは、やっぱり皇帝陛下は人を見る目も確かなんじゃないかしら？　よっぽど殿下のほうが疑わしく思ってしまったほどよ」

「どんなにできた人物でも、判断を誤ることはあるというものですな。ですがまあ、皆の本音は別のところにあるのかもしれませんぞ」

「本音？」

いつもの軽い口調ではなく、しみじみと呟いたフレドリックに、リリスは意外な視線を向けた。

だが、フレドリックはすぐにまたいつもの笑みに戻る。

「では、私もそろそろお暇しましょうかの。ひとしきり笑って、腹が減ってきましたからな」

「そうね。もう夕食の時間も近いみたいね。フウ先生、今日もありがとうございました」

「いやいや、こちらこそ、いつも勉強させてもらっておりますからの。しかも今日は面白いものも拝見できて、楽しかったですぞ」

そう言って思い出したのか、フレドリックはまた笑いながら、部屋から出ていった。

リリスはフレドリックを見送ると、大きくため息を吐いて、窓際に置いてある長椅子に座った。

コンラードとは、話をしていて何か違和感を覚える。

それが何かはよくわからないが、彼がジェスアルドの後継者として向いていないことだけは確かだ。

「うん、やっぱり子作りを頑張るべきね。今夜も頑張るぞ、おー！」

片手を固く握り締め、力強く掲げて立ち上がったところに、テーナとレセがやってきた。

しかし、リリスのその姿を目にしても何も言わず、いつものように夕食前の支度に取りかかる。二人とも、もはや突っ込む気もないらしい。

そんな二人をちょっと不満に思いながらも、リリスは自業自得だなと反省したのだった。

23

「リリス、あなたは本当にトイセンに行きたいのか？」

「はい？」

「もし、国内を見て回りたいという希望があって、私が興味を持ちそうだからとトイセン行きを選んだのなら、無理をする必要はないんだ」

「はい？」

「コンラードから聞いたが、あなたは別の美しい土地を見てみたいそうだな？」

「はい!?」

「コンラード自身がバーティン公爵領を案内すると提案したところ、喜んだそうではないか。それならそうと――」

「ちょっと待ったー！」

夜になって、リリスの寝室に入ってくるなりジェスアルドは責めるように話し始めた。

驚くリリスの言葉を肯定と取ったのか、ジェスアルドはどんどん話を進めていく。

しかし、いい加減に止めないといと、我に返ったリリスは叫んだ。

「あの、どうしてそのような話になったのかはわかりませんが、私の意見はまったく全然びっくりするほど違います」

「違う？」

「はい。私は最初にお願いしたとおり、トイセンに……できればブンミニの町に行きたいです。エキューデ夫人からお話を聞いて、同じホッター山脈の麓でもそんなに違うのかと……。それでもし、私にも何かできるようなことがあれば、力になりたいと思っているんです」

「しかし、コンラードは、あなたが断り切れないようだと言っていたが……」

リリスの説明に少し冷静になったのか、ジェスアルドの口調は穏やかになった。

しかし、いまいち懐疑的だ。

それを聞いて、リリスは大きくため息を吐いた。

「あの方が何を言おうと関係ありません。そもそも、それならどうして私から新婚旅行に誘うのですか？　ジェドの従弟ですから悪くは言いたくありませんが、ちょっとコンラードって独りよがりが過ぎません？　自意識過剰っていうか、うぬぼれが強いっていうか。はっきり言って、空気読めないですよね」

言いたくないと言いながら、言いすぎのリリスの言葉に、ジェスアルドは不機嫌そうに眉を寄せた。

その表情を目にして、リリスはまた失敗してしまったと後悔しかけた瞬間、なぜかジェスアルドが噴き出した。

てっきりジェスアルドは怒ってしまったのだと思ったのに、また声を出して笑っている。

「ジェド？」

「……あなたの言うことが、もっともすぎて……しかし、そこまではっきり言う者は今までいなかったから……」

ジェスアルドは笑いながら説明してくれるが、さらにわからなくなってしまった。

「あのー、それならどうしてコンラードを後継者にとお考えなのですか？　この際だから正直に申しますが、彼はこの国を治めるにはちょっと荷が勝ちすぎていると思います」

「あなたは本当に……」

「何ですか？　あ、やっぱり言いすぎました？　すみません」

「いや、……確かにコンラードはあなたの言うとおりの面もある。だが実際は、わざと振る舞っているのではないかと、私は思っているんだ。もちろん、全て演技というわけではないだろう。うぬぼれのあたりは地だと思う」

そう言って笑うジェスアルドの説明を聞いて、リリスは納得した。

あのときの違和感の正体はそういうことだったのだ。

「でも、なぜわざわざ演技を？」

「おそらく、私に気を使っているのだろう。呪われた皇太子として、私が次代の皇帝に就くことに反対している者もいるからな」

「ああ、またその噂ですね。では、コンラード自身は帝位に興味がないってことですか？」

「……そうなるな」

リリスの問いかけに、ジェスアルドは残念そうに答えた。

ジェスアルドはずっとコンラードを後継者にと考えていたからだろう。

そもそもリリスが強引に迫るまでは、ジェスアルドは子供を作るつもりはなかったのだから、今も実のところ諦め切れていないのかもしれない。

この状況は妥協の結果であって、おそらくまだコリーナ妃のことが忘れられないのだ。

「話が逸れてしまったが、本当にあなたはトイセンに行くことにためらいはないんだな？」

「――はい。もちろんです。今は色々勉強中なんですよ。図書室から風土記を借りてきて読んでいるんですが、やっぱりフロイトと違って驚くことばかりです」

「そうか……」

色々と考えを巡らせていたリリスは、ジェスアルドの問いに、どうにか頭を切り替えて答えた。

考えても今はどうにもできないことに頭を悩ませるのは時間の無駄である。

「というわけで、コンラードの気遣いに応えるためにも、私たちの子供は必要ですね」

「……」

「あの、私の希望に協力してくださって、本当に感謝しているんです」

「……」

にこにこしながら現実的なことを言うリリスに、ジェスアルドは黙り込んでしまった。

感謝されるのも複雑である。

（本当にこのまま〝呪われた皇太子〟である自分の子が生まれても、リリスは今と変わらずにいられるのだろうか？　もし現実に赤い髪、紅い瞳の子供が生まれて、母のように周囲から忌避されてしまったら？　それ以前に、実際リリスが妊娠したとしたら……）

そんなことを考えていたジェスアルドは、リリスに呼びかけられて我に返った。

「――ジェド？　どこかお加減が悪いのですか？」

「なぜだ？」

「何だか、苦しそうなお顔をされていたので……。やっぱり、今日は早くお休みになります？」

「――いや、大丈夫だ」

「そんなに……無理をなさらないほうがいいですよ。噂で聞きました、ジェドは働きすぎだって」

「噂？」

「そう、噂です。でもたぶん真実のような気がします。だから今日はもう休んでください。しっかり休むことも仕事と同じように大切なんですよ。睡眠は明日への活力ですからね！」

長椅子から立ち上がったリリスは、向かいの椅子に座っていたジェスアルドを引っ張り上げて――半分はジェスアルドが自力で立ったのだが――そのまま二人の部屋を繋ぐドアへと向かった。

今度は何が起こるのかと、されるがまま連れられるがままになっていたジェスアルドは、自室へと戻され、ベッドまで来てしまっていた。

「さあ、どうぞ横になってください」

リリスは上掛けをめくって、ベッドを指し示す。

ここまで付き合ったのだから最後まで付き合おうと、ジェスアルドはベッドに横になった。

リリスはそんなジェスアルドの肩まで上掛けで覆い、ぽんぽんと軽く叩いた。

「では、よく休んでくださいね。明日になったらまたきっと元気になりますよ」

「……」

かなりの予想外な展開にジェスアルドが呆然としている間に、リリスは明かりを暗くしてからドアへと向かった。

そしてドアの前で振り返り「おやすみなさい」と告げて、自分の部屋へと消えていく。

そんなリリスを、ジェスアルドはただただ驚き、言葉もなく見つめていた。

しかし、自室に戻ったリリスは、自分の行動をさっそく後悔していた。

(あー、やっぱりもう少し一緒にいればよかったかなー。でもなあ……)

ジェスアルドはこの皇宮の誰よりも働いているとの話を、フレドリックから聞いていたのだ。

新婚旅行の話を持ちかけたときに、そんな時間はないと言っていたのも、大げさでも何でもなかったらしい。

それなのに、昨日は少々強引に迫ってしまったし、先ほどのジェスアルドは本当に苦しそうに見えた。

(一生懸命働くのもいいけど、たまには息抜きって必要よね……。でも、ひょっとして……)

何かを忘れたいときなどは、一心不乱に動けば意外と効果がある。

ジェスアルドがそこまで働くのは、やはり忘れたいことがあるのかもしれない。

しかもコンラードだって、ジェスアルドは〝忙しくしている〟と言っていたのだ。

(やっぱり、コリーナ妃のことが今でも忘れられないのかな……)

ベッドに腰を下ろしたリリスは、深くため息を吐いた。

(それに、ジェドの女性に対する考え方って、コリーナ妃基準な気がする……)

リリスは今までのジェスアルドの反応からそう感じていたのだが、リリス自身が一般女性の規格を大きく外れていることには気付いていなかった。

そして、ベッドに横になったリリスは、ゴロゴロゴロゴロしてみたが気持ちは晴れない。

ジェスアルドに休んでほしかったのも本音だが、正直に言えば、あのときはそんな気分ではなくなっていたのだ。

ベールをかぶったコリーナ妃の儚げな姿が頭に浮かび、コンラードの言葉を真に受けていたジェスアルドに少々腹も立っていた。

さらには、子供の話をしてあんな顔をされては、リリスだって気分が下がってしまう。

（うーん……。赤ちゃんは欲しいけど……）

どうってことないと思っていたことが、むしろ心地よいとさえ感じていたことが、何だか虚しい。

（もし、愛し愛される相手とだったら、どうなんだろう……。たとえば――）

そこまで考えて、リリスは枕を勢いよく叩いた。

ここでアルノーを思い浮かべるなんて間違っている。

今はもう何とも思っていないし、ダリアと幸せになってほしいのだ。

ただ、アルノーがダリアを見つめていたときの、これでもかというほどに愛が感じられたあの視線が羨ましいだけ。

そのとき、ふっとコンラードが頭に浮かび、リリスは顔をしかめた。

（うえっ！　無理、無理、絶対無理だわ）

顔は似ていても、性格はまったく違う。

それだけでこんなにも気持ち悪いものなのかと知ったリリスは、そこではっとした。

いけないと思いつつ、アルノーを想像して、また顔をしかめる。

（ダメだわ。コンラードほどじゃないけど、やっぱり無理）

それからリリスはジェスアルドのことを思い浮かべた。

今日は少々腹が立ったし、もやもやしてしまったために、不安になってしまったのだが――。

（うん。やっぱり、ジェドだと嫌じゃない。全然平気。むしろジェドじゃなきゃ嫌だわ……）

枕を抱えたまま、リリスはほっとした。

今日はそんな気分ではなかったが、やっぱり相手は夫なのだから当然だろう。

（あれね、私ってば〝貞淑な妻〟ってやつだわ）

色々と間違っているが、リリスは自分の答えに満足して、布団にくるまった。

今日はお昼寝もしていないのでかなり疲れている。――お昼まで寝てはいたが。

だからきっと、変なことを考えてしまうのだろう。

そう納得したリリスは、それからあっという間に眠りに入ったのだった。

次にリリスが意識したとき、見たことのあるようなないような場所に立っていた。

どうやら夢の中らしいと気付いて、話し声のする部屋へするりと抜け入った。

途端に、はっとして動きを止める。

その部屋には若きジェスアルドと、老齢の女性がいたのだ。

『——コリーナが、妊娠した？』

一瞬、呆然として見えたジェスアルドは、次に驚きをあらわにして女性に問い返した。

どうやら産婆らしい女性はにこやかに頷き、『おめでとうございます』と祝福している。

リリスはこれ以上この場面を見たくなくて、ここから離れようと、固まってしまった体を必死に足掻いて動かした。

たまに抜け出したくても、抜け出せないときがあるのだ。

しかし、今回は幸いなことに、ぱっと場面が変わった。

また似たような過去だったらと、わずかに怯みながらも周囲を見回したリリスは、ほっと息を吐いた。

どうやら、まったく違う場所らしい。

それどころか、ここはどこかの窯元だ。

体に何となく不快感があるのは、きっと寝汗をかいているのだろう。

それでもふらふらと移動して、シヤナの窯元でないことだけはわかった。

それどころか、大きな登り窯がいくつもあり、建物の中ではたくさんの人たちがたくさんの部屋で働いていることから、リリスはここがトイセンの工場ではないかと見当をつけた。

（なるほどね。製造過程を分担することによって、生産性を上げるとともに、個々の技術も高めているんだわ……。それに、これなら土の配合とか、秘密にしたいことも限られた人にしか知られないってことよね。……でもそれじゃ、焼き物師さん一人でも大丈夫だと思っていたけど、もっと協力者がいるってことになるかも……）

ふむふむと見て回り、建物の中でもひときわ立派な部屋へと入る。

すると、三人の男性が話し合っていた。

『まさか、皇太子殿下が直々にお見えになるなど、やはり我々を疑っておられるのではないでしょうか？』

『だが帳簿は完璧ですぞ。それに、輸出のために荷を積んだ船が嵐に遭い、大半の器が割れて売り物にならなくなったとの報告も、嘘だとばれることはないでしょう。ばれてしまえば、買収された船長も処分されるのですからな』

『いやはや、これに関しては、私が謝罪しなければならぬな。妻がバーティン公爵の催された茶会で皇太子妃殿下に話しかけられ、舞い上がってついこの工場のことを言ってしまったらしい。そのため、妃殿下がこの土地に興味を持たれたようでな……。だが、妃殿下の本当の目的はブンミニの町じゃないかと、妻からの手紙には書いてあった。どうやらあそこの領主夫人と気が合ったのか、長々と話し込んでおったそうだ。やはりフロイトの田舎からお出でになった王女様だから、田舎者と気が合われるのだろうよ』

最後に話した小太りの男性の言葉に、他の二人も大声で笑った。

話の内容からも、高級仕立ての服装からも、おそらくこの小太りの男性がコート男爵なのだろう。

他の二人の名前はまだわからないが、顔だけは忘れるものかと、リリスはじっくり二人の顔を眺めた。

田舎なのは事実だが、フロイトのことを馬鹿にするのは許せない。

いつかその大口に腐ったタマネギを詰め込んでやると、会話を続ける三人を睨みつけたところで、リリスは目が覚めてしまった。

まだ夜明け前だ。

だが、リリスは今のことを忘れないようにと、常に枕元に置いている筆記具で内容を書き始めたのだった。

24

翌日、朝から忙しく執務をこなしていたジェスアルドは、とある書類に署名していた手をふと止めた。

リリスに昨夜言われたことを、なぜか急に思い出したのだ。――しっかり休むことも大切なのだと。

確かにここ何年も、休むどころか食事時間さえも削って働いていたような気がする。昨夜はいつもより早く休んだせいか、今日はどことなく体も軽い。

「……フリオ」

「はい、殿下」

「妃に使いをやってくれないか。その……今日の夕食を、一緒にできないかと」

「――かしこまりました」

側近のフリオは少し驚いたようではあったが、すぐに立ち上がり部屋から出ていった。

そんなフリオを見ながら、ジェスアルドは義務ではなく誰かと夕食を共にするのは、かなり久しぶりだと気付いた。

先日のリリスとの昼食でさえ、珍しいことであったのだ。

そう思うと落ち着かず、やはり夕食は中止しようかと思った。

だがそれも今さらである。

結局、ジェスアルドはそのまま執務を続けたのだが、今度はリリスからの返事がなく、落ち着かなくなってしまった。

「使いの者が申しますには、妃殿下はまだお休みになっていらっしゃるらしく、お返事がいただけないそうです」

フリオの言葉に、ちらりと時計を見れば、もう正午近くになっている。

昨日はコンラードに会ったために、疲れているのはリリスのほうだったのではないかと、ジェスアルドは心配になった。

その様子を見たフリオが小さく笑いながら呟く。

「〝フロイトの眠り姫〟とはよく言ったものですよね。お会いしたときはお元気そうに見えましたが、やはりお体があまり丈夫ではないのでしょうね……」

フリオの笑顔は次第に不安に変わっていった。

自分で言っておきながら、心配になってしまったらしい。

先ほど決まったばかりのトイセンとその周辺への視察――新婚旅行の日程に耐えられるのかと。

「……妃はおそらく大丈夫だ。トイセン行きは本人の希望でもあるし、自分の体のことは自分が一番わかっているだろう」

気がつけば、ジェスアルドはリリスを庇うようにフリオに告げていた。

そこに使者がようやく戻ってきたらしく、フリオが少し席を外し、リリスからの「喜んで！」という返事が伝えられた。

それを聞いてほっとしていることに気付き、ジェスアルドは慌てて表情を引き締めた。

いつの間にか、リリスにすっかり振り回されている。

だが、このままではまずい。

自分が流されてしまった以上、その責任はしっかり取らなければいけないのだ。

この先、リリスが妊娠すれば、ただでさえこの婚姻で動き始めた皇宮内の勢力図が大きく変わる。

今まで味方だったものが、敵へと変わることも十分あるのだ。

ジェスアルドは幾人かの顔を思い浮かべながら、厳しい表情でため息を吐いた。

＊　＊　＊

「そんな……嘘でしょう……」

夕方になり、ジェスアルドとの食事のために支度をしなければいけない時間になっても、リリスは長椅子に突っ伏して嘆いていた。

そんなリリスをレセはおろおろしながら見ている。

しかし、テーナは心を決めたように大きく息を吸い、リリスに声をかけた。

「リリス様、お気持ちはお察しいたしますが、こればかりは仕方ありません。御子は天からの授かりものなのですから。それにまだ、ご結婚されてひと月も経っておりませんもの。焦られる必要はございませんでしょう？　ですから、お支度を。今日は特に美しく装いましょう。さあ」

「……わかってるわ。そりゃ、いくら何でもすぐに赤ちゃんができないことくらい……。でも何も今日、こんなに予定よりも早く来なくてもいいじゃない。せっかくの殿下からの夕食のお誘いなのに。その後、こう、ほら、雰囲気が盛り上がって、……ねえ？　それなのに、食事をしたら、さっさと『おやすみなさい』なのよ！」

「……レセ、気にせず、ひん剝いてしまいましょう」

嘆くリリスの訴えを聞いて、テーナの目は冷ややかになり、レセに向き直りにっこり笑った。

その笑顔には逆らえず、レセは黙って頷きリリスを抱えて移動させる。

レセは見かけによらず、かなりの力持ちであった。

おとなしく抱え上げられたリリスは、鏡の前に立たされて、テーナの言葉どおりにひん剝かれていく。

「リリス様、どうぞ。こちらはご自分でお持ちになって軽く押さえていてください」

少し赤くなってしまった目を冷やすための、ハーブ水を染み込ませた布を渡され、リリスは素直に受け取って目に当てる。

その間、「右手を上げてください、左足を、次に右足を……」など指示に黙って従いながら、リリスは昨晩のことをまた後悔していた。

（ああ、こんなことなら、昨日は馬鹿な意地を張るんじゃなかった。でも、殿下は疲れているように見えたし、間違ってはいないはずよ。でもせっかく、今夜は夕食に誘ってくれたのに……しかも当分……）

「さあ、リリス様。お支度が整いましたよ」

リリスが悶々と考えているうちに、いつの間にか布は取り上げられ、化粧を施されて、髪の毛も綺麗に結い上げられていた。

そんな自分をリリスは目を開けて改めて見る。

「……何だか、今日はいつもより綺麗な気がするわ」

「それはもう、頑張りましたもの。リリス様は本来可愛らしいお顔立ちですが、今日は少し大人仕立てにしてみましたので」

「ええ、殿下からのお誘いですから。いつもより少し雰囲気を変えて……私、気合を入れさせていただきました！」

鏡を見て呟くリリスに、テーナは満足げに頷き、レセも胸を張る。

そもそも、リリスの容姿は美しいというよりも可愛いのだ。

ただ今までずっと、吟遊詩人が女神だと歌い讃えるほどに美しいダリアと一緒にいたために、見劣りしていただけ。

噂にしても、ダリアと並べられて讃えられていたために、民は女神のような美しさを期待していたのだ。

そのあたりをいい加減にリリスは理解するべきだとテーナは思っていたが、これには時間が必要なこともわかっていた。

「こんなに……綺麗になれたのに……今日はご飯を食べるだけなんて……」

「リリス様。そのお言葉で色々と台無しです。お化粧が崩れるので嘆かれるのは、後になさってください。それと、レセはまだ独身ですから、そのあたりもお気遣いください」

「あら……。ごめんなさいね、レセ」

「い、いいえ。大丈夫です」

独身とはいえ、侍女として城に仕えていれば色々と耳に入ってくる。

さらには騎士にときめいたり、男性から言い寄られたりもするのだ。

そんな中で上手く適応していかなければ、侍女などやっていられない。

「でも、もし好きな人ができたら教えてね。協力するから！」

「い、いいえ。大丈夫です」

「そう？」

リリスに協力されれば破壊されかねないことを、レセもよくわかっていた。

若いレセだが、この輿入れに同行する人員に選ばれたほどなのだ。――特に婚約者や恋人がいないというのも理由の一つだったが。

「まあ、人の恋愛にごちゃごちゃ他人が割り込まないほうがいいこともあるものね。私も偉そうに言いながら、恋愛に関してはさっぱりだし。でもね、これから言うことは、絶対に約束してほしいの」

「はい」

急に真剣な面持ちになったリリスに、レセは何だろうと思いながらも答えた。

リリスの言うことはとんでもないことも多いが、まず間違ったことは言わない。

「好きな人ができたり、言い寄られたりしたら、私はともかく、テーナにだけは相談してほしいの。レセはしっかりしているし、大丈夫だとは思うけど……甘い言葉で近づいてくる人はかなり多いと思うから。本当はこんなことを言いたくはないんだけどね、どうしても私の侍女ってことで、レセを利用しようとする人はいるはずだから。……ごめんね」

「そんな、リリス様が謝る必要はございません。私も気をつけてはいるつもりですが、やはり恋は人を愚かにしてしまいますから。何かあれば、必ずテーナさんに相談すると、お約束いたします」

このことは、国を出発する前にリリスの母である王妃からも言い含められていたことだった。

レセもテーナもそのことは十分に理解している。

だが改めてリリスに言われ、またこうして自分を心配してくれるリリスのために、心からお仕えしようと、レセは新たに誓った。

それから、ジェスアルドと食事をとるために部屋を出るリリスを見送る。

「いってらっしゃいませ、リリス様」

「ええ、いってきます」

リリスは先ほどまで嘆いていたのが嘘のように期待に顔を輝かせ、レセに手を振ってから部屋を出ると、護衛騎士についてジェスアルドから指定された晩餐用の部屋へと向かった。

途中ですれ違う人々は皆、リリスの姿を認めると廊下の端へと寄り、深く頭を下げてくれる。

しかし、一瞬見せる表情は驚きに満ちていた。

おそらく、公式の晩餐会の予定がない今夜、引き籠りがちな皇太子妃が晩餐用のドレスを着て出歩いているのが不思議なのだろう。

リリスはジェスアルドのためにもにこやかに微笑んだまま堂々と歩んだ。

やがて指定された部屋へと到着すると、ジェスアルドはすでに待っていた。

「申し訳ございません、お待たせしてしまって」

「いや、大丈夫だ。いつも私のほうが待たせてばかりだからな。今日は早めに来たんだ」

リリスが謝罪すると、ジェスアルドは苦笑して否定しながら、持っていた書類を隣にいた男性——側近のフリオに渡した。

どうやらこの部屋でも仕事をしていたらしい。

それだけ忙しいのにこうして夕食に誘ってくれたのだと思うと、リリスは無粋だと腹を立てるどころか喜びに顔を輝かせ、近づいてきたジェスアルドの差し出された腕に手を添えた。

ジェスアルドもかすかに口角を上げ、晩餐の席までリリスをエスコートすると、自分も席へと着いた。

二人だけの晩餐会の給仕はデニスが主立ってしてくれるようだ。

そのためか、気兼ねなくリリスも話をしながらジェスアルドと食事をすることができた。

そして——。

「出発は、五日後……ですか?」

「ああ、少し急だが、どうしても外せない会談がひと月後に控えているので、この日程になってしまった。すまない」

「い、いいえ。謝る必要はありません。そもそも私の我が儘から始まったことですから。それまでにしっかり体調を整えて、準備万端にしておきます」

「そうか……」

リリスはにっこり笑って答えながらも、心の中ではがっかりしていた。

五日後といえば、月のものがようやく終わる頃。

名目は新婚旅行とはいえ、実際は視察旅行なので、真面目なジェスアルドが夜にリリスの部屋を訪れるとは思えない。

（いえ、ちょっと待って。ひょっとして、旅先の宿や領主館などは気を利かせてくれて、二人で一部屋ということもあるかも……？　って、それはダメだわ。やっぱり別々の部屋じゃないと。一緒には眠れないもの）

本来の目的はまったくそっちのけで、リリスは淑女にあるまじきことを考えていた。

そこにジェスアルドの声が耳に入り、我に返る。

「途中で立ち寄る街などは、また明日詳しい日程を書いたものを渡すので、確認しておいてほしい」

「はい、わかりました。全行程は何日ほどになるのでしょうか？」

「一応は全ての移動に往復で約二十日、トイセンとブンミニは数日滞在するので、全二十五日で予定している」

「わかりました。楽しみですね」

五日の滞在ではとてもではないが、シヤナは作れない。

そのため、リリスは滞在を伸ばす理由を頭の中で必死に考えていた。

病弱設定は心配をかけるので、できれば使いたくない。やはりフレドリックの言うとおり、ある程度をジェスアルドに打ち明けるしかないだろう。

問題はそのタイミングと説明の仕方である。

リリスはフロイトでの面白かった出来事などを話しながら、相変わらずあまりしゃべることのないジェスアルドの反応を窺っていた。

もっとちゃんと彼の性格を摑まなければ、失敗してしまう。

フレドリックには同行してもらう予定だが、頼ってばかりはいられないのだ。

そうして食事が終わったところで、ジェスアルドが立ち上がった。

「リリス、部屋まで送ろう」

「あ、りがとうございます」

小さめの晩餐用の部屋から二人で出ると、来るときと違って静かな皇宮内を歩いた。

とはいっても、すぐ近くに護衛が控えているので、大した会話もできない。

（ああ、本当ならお部屋でお酒を勧めて、そのまま押し倒すのに……）

またまた淑女らしからぬことを考えているうちに、リリスの部屋の前に着いてしまった。

それでもやはりここは礼儀として、部屋へ誘うべきだろう。

「殿下、あの、よろしければお部屋でお酒でもいかがですか？　フロイト自慢のりんご酒が……他にも色々とあるんですよ」

フロイト産のりんご酒はチーズと並んで有名で、本当にお勧めなのだが、テーナの咳払いを聞いて、リリスはぎこちなく言い添えた。

「――そうだな。では、そのりんご酒をもらおうか」

ジェスアルドはそう答えて、護衛が開けたドアから先にリリスを通し、後に続いた。

テーナは用意のために急ぎ控室へ入っていく。

リリスは応接用のソファにジェスアルドを勧め、向かいのソファに座った。

ジェスアルドはかすかに視線を動かして、リリスの居間の様子を窺っている。

(そういえば、この部屋にジェドが入るのは初めてだったわね。けっこう私好みに模様替えしたんだけど……)

大きな家具などは動かせば壁が変色しており、大々的な改修が必要となるので、壁にかかっていた絵をフロイトから持参したものに掛け替えたり、新たに運び込んだ家具を置いたりした。

それに加えて、窓際のチェストにダリアが贈ってくれた手編みのレースを飾り、ソファには母お手製のクッションを置いたりと、細々したものも増えている。

「あの……お気に召しませんでした?」

「何のことだ?」

「この部屋です。かなり私好みにしてしまったのですが……」

「ああ、いや。それは全然かまわない。あなたの部屋なのだから、あなたの好きにすればいい。ただ……」

「ただ?」

「……ずいぶん雰囲気が変わるものだと思ったんだ。ここはとてもあなたらしい部屋だと思う」

そう言ってかすかに微笑むジェスアルドに、リリスも微笑み返した。

が、内心では少々腹を立てていた。

(お母様も言ってたけど、どうして男の人ってこんなに鈍感なんだろう。絶対、今、ジェスアルドは無意識に私とコリーナ妃を比べているわよね？　まあ、それは仕方ないにしても、口にしたことに気付いていないなんて)

恨めしそうに見つめても、また部屋の中に視線を移したジェスアルドは気付かない。

そこにテーナがレセとともにお酒の用意をして入ってきたので、仕方なくリリスは接待役をすることにした。

「このりんご酒は発泡性はないんですけど、私のお気に入りなんです。こちらのチーズは――」

「いや、説明はいい。一応、私もあなたを迎えるにあたって、フロイトのことはひととおり学び直したから」

「そうなんですか？」

ジェスアルドの言葉にリリスは驚いた。

だがすぐに納得する。

あれほどこの婚姻を嫌がっていたが、それでも真面目なジェスアルドはしっかり勉強したのだろう。

リリスのためというより、自分のために。

「それで、あなたは私に何か言いたいことがあるのだろう？」

「え？」

「フロイトの話は面白かったが、今夜のあなたはずっと上の空だった。いや、正確には私の様子を窺っていた。ひょっとしてトイセン行きを迷っているのかとも思ったが、違うようだ」

「それは……」

リリスの企みはしっかり見抜かれていたらしい。

ここで打ち明けるべきなのに、どうしてもためらってしまうのは、まだ作戦をしっかり立てていないからだ。

ここには助けてくれるフレドリックもいなければ、テーナたちも席を外している。

どうしたものか悩み、リリスはようやく口を開いた。

「あの、実は今日、その……月のものがきてしまって……」

やっぱりまだ計画不足なので、結局口にしたのはもう一つの告げるべきこと。

すると、ジェスアルドは一瞬理解できなかったのか眉を寄せ、すぐにほっとした表情になった。

「そうか……」

これが、リリスの怒りの導火線に火を点けてしまった。

もちろん皇太子妃であるリリスが妊娠したとなると、素直に喜ぶだけではすまないことはわかっている。

だが、それとこれとは別なのだ。

リリス的には、ジェスアルドと親密になれる気がする夜のひとときが気に入っていた。

それが当分持てないことを残念に思っていたのだ。

しかし、ジェスアルドは違うらしい。

さらには、先ほどの無神経な発言と、昨夜見た夢のせいもあって、リリスの怒りに燃料が追加された。

しかも最悪なことに、ここにはリリスの暴走を止める者はいない。

そして、リリスはにっこり笑って、再び口を開いた。

「まさか、殿下がそのように安堵なさるとは思いませんでした」

「……なぜだ?」

「なぜって、殿下は私の我が儘に仕方なく協力してくださっているのでしょう?　子ができれば、その義務からも解放されますし、できるだけ早い妊娠が望ましいかと。でもそうですよね。そもそもが妥協なんですから」

「いや――」

「あ、そうそう。もう一つ、殿下に大切なことをお伝えしなければいけませんでした。実は私、シヤナの作り方を、フロイトにいた頃に遊学していた方から聞いて知っているんです。詳しいことはまた書面にてお知らせいたしますが、トイセンの実情を知って、できればトイセンの窯でシヤナを試しに焼いてみたいと思っております。ただそれには日数がかかりますので、殿下がせっかく調整してくださった日程に修正が必要になってしまいますが、どうかお許しください。殿下は大切な会談があるようですので、もちろん予定どおりの日程をこなして、この皇宮にお戻りくださいね。私だけ、しばらくトイセンに滞在させていただきます。そのため、警備に関しては殿下と私と、別々に警護していただかなければなりませんが、よろしくお願いいたします。その他のことについては、私がフロイトから連れてきております者たちでどうにでもできますので、ご心配には及びません。本当に、このような大切なことを今まで黙っていて申し訳ございませんでした。でも、もしシヤナのような器が上手く焼き上がれば、トイセンにまた活気が取り戻せますもの。ですから、お許しくださいますよね？」

「それは……」

リリスのあまりの勢いに押されて、ジェスアルドは思わず了承しそうになった。

だが、さすがに今の内容が本当ならば重要なことであるため、即答はできない。

ただ下手なことを言えば、取り返しのつかないことになってしまう。

そう直感したジェスアルドは一度大きく息を吸って気持ちを落ち着かせ、そして答えた。

「すぐには返答できない問題なので、その書面を見て判断したい」

「わかりました」

「それともう一つ」

「何でしょう？」

「あなたがシヤナの作り方を知っているということは、他に誰が知っている？」

「……私の教師のフレドリックだけです」

「そうか。なら、そのことについては他に誰にも知らせないでくれ。……今のところは」

「もちろんです」

リリスがはっきり答えると、ジェスアルドは黙って頷き、残っていたりんご酒を飲み干した。

それを見て、部屋に帰るのだろうと判断したリリスは立ち上がった。

ジェスアルドもやはり立ち上がったが、すぐには出ていこうとせず、その場にとどまる。

「リリス……」

「はい？」

「私は確かに、最初に子はいらぬと言った。正直に言えば、今も迷いはある。だが、あなたに対して、妥協や義務といった気持ちで接しているわけではないんだ。あなたといると、むしろ……楽しいと思う。だからまた、ジェドと呼んでくれると、嬉しい。では、りんご酒をありがとう。美味しかった」

ジェスアルドのこの言葉には、リリスもさすがに驚き何も言えなかった。

まさかこのように気持ちを打ち明けてくれるなど、思ってもいなかったのだ。

そんなリリスを残して、ジェスアルドは寝室へと繋がるドアを抜け、そして自室へと帰っていってしまった。

ドアの閉まる音を聞いて我に返ったリリスは、慌てて寝室まで後を追ったが、やはりもう姿はない。

当たり前だが、ジェスアルドがこの部屋の構造をよく知っていることに、リリスの胸はちくりと痛んだ。

しかし、もう一度先ほどの言葉を心の中で反芻（はんすう）すると、痛んだ胸がほんわりと温かく和らいでくる。

「……ジェド」

ジェスアルドの願いの言葉どおり一人で呟くと、何だか嬉しくなってきて、顔がゆるむ。

さらにむふふと笑っているところにテーナがそっと顔を覗かせ、その姿を目にして顔をしかめた。

「リリス様、大丈夫ですか？」

「もちろんよ！　って……ああ、どうしよう！　ちょっと暴走しちゃって、勢い任せに話してしまったわ！　本当はもっと作戦を練るべきだったのに……」

「大丈夫ではなさそうですね」

「また……失敗してしまったわ……」

浮かれていたリリスは、テーナに問いかけられて、現実に戻ってしまった。

怒りに我を忘れて、作戦も計画も全て台無しにしてしまったのだ。

ジェスアルドがどう受け止めたのか、先ほどの反応ではよくわからない。

テーナは落ち込んだ様子のリリスにかける言葉を探した。

リリス本人が「ちょっと暴走」と言うからには、相当の暴走をしてしまったらしい。

珍しく後悔しているリリスにテーナは近づき、そっとその背をさする。

「リリス様はいつもおっしゃいますよね？　人は失敗するものだと」

「ええ。でも……失敗しても、やり直せばいいのよ」

「私もそう思います」

「……うん、そうね。ありがとう、テーナ。とても、かなり、酷い失敗をしてしまった気がするけれど……頑張ってみるわ！」

徐々に元気を取り戻したリリスは、ぐっと拳を固く握り締めて顔を上げた。

その緑色の瞳はきらきらと輝いている。

「ところで、失敗してしまわれたのに、先ほどは喜んでいらっしゃるようでしたが……」

「ああ、それはね……なんと！　殿下に、ジェドと呼んでくれたら嬉しいって、言われたの！」

「……相変わらずチョロいですね」

「え？　何て？」

「よろしかったですね、と申し上げたんです」

「でしょう？」

テーナは思わず漏れ出た呟きを訂正して、嬉しそうに微笑むリリスを心配そうに見つめた。

恋愛事に疎いリリスが、初恋のアルノーのときのように、また傷つくことになりませんように、と心の中で願う。

だが、あれは初恋ゆえに理想を求めてしまったのも敗因なのだ。

今回も政略という形で始まったために、リリスは割り切っているようで、無意識に防壁を築いてしまっているようにも思える。

テーナはため息を飲み込んで、レセを呼び寝支度を始めた。

一方のリリスは、これからのことを前向きに考えていた。

（まあ、言ってしまったものは仕方ないわ。むしろラッキーだと思うべきよ。どう切り出そうかの悩みは解決したんだから。あとは説得力のある説明だわ。詳細は書面にてって言ったし、明日フウ先生に相談して、立派な文書を書き上げてみせるんだから！）

そう強く決意したリリスは、もう後悔など微塵もしていなかった。

リリスの信条は〝前進あるのみ〟である。

というわけで、ベッドに入ってからは、ジェスアルドの言葉――ジェドと呼んでくれると嬉しい――を思い出し、幸せに浸って眠りについたのだった。

25

「ほうほう。それでは、これで問題は一つ解決されたのですな」

「笑い事じゃないけどね。何だかイライラしちゃって……。たぶん、今回は残念な結果になってしまったからだと思うわ」

「ふむ。それは確かに残念でしたの。ですがまあ、そう急ぐ必要もないでしょう。正直なところ、トイセンで作業なされるのでしたら、煙や粉塵などの悪影響もあるかもしれませんからなあ」

「……それは考えていなかったわ。そうね……うん」

フレドリックに言われるまで気付かなかったが、シヤナのような器を作る作業をするのなら、実際に手を出さなくても近くで監督するため、煙や粉塵を吸ってしまう可能性はあるのだ。

そう考えると、今回はこれで良かったのかもしれない。

「……子作りより、国造りが先になるかも」

ぼそりと呟いたリリスの言葉に、フレドリックは声を出して笑った。

そんなフレドリックを睨みつけてから、リリスは書きかけの文書に集中する。

まだ下書きの段階だが、できるだけ早くジェスアルドに提出しなければと、朝からかかりきりになっているのだ。

ただ、どうしても上手くまとめられないのは、余計なことを考えてしまっているせいだと、自分でもわかっていた。

あの夢を見てから――コリーナ妃が妊娠していたのは本当だったと知ってしまってから、どうにも落ち着かない。

はあっと深くため息を吐いたリリスに、フレドリックは読んでいた資料から顔を上げて微笑んだ。

「リリス様、よろしければ少し庭を散策でもしませんかな？　私はまだここの庭を拝見していないのですよ」

教師として厳しいフレドリックは、相談は受けても文書の内容を考えてはくれない。

ただ質問をすれば、アドバイスをくれるだけだ。

そんなフレドリックのこの提案は珍しいが、きっと気分転換を勧めてくれているのだろう。

「そうね。私もまだ全部は見ていないし、そうしましょうか。それで、どの庭にする？」

この皇宮にはいくつもの庭がある。

中央庭園、東西南北、他にも迷路庭園や、爵位を持った者しか入れない場所、皇族専用の庭など様々なのだ。

フレドリックはふむと考えて、貴族用の庭を希望した。

リリスと一緒でなければ入れず、この部屋からも比較的近いからだろう。

そうして、リリスとフレドリック、お付きのテーナと護衛二人の大所帯で庭に向かったが――。

「――やっぱり、ちょっと堅苦しい場所だったわね。ごめんなさい、フウ先生」

「いやいや、リリス様が謝罪なさる必要はございませんぞ。予想はしておりましたから。それに、色々と面白いこともわかりましたしな」

同じように散歩をしていた貴族たちがリリスを見つけては挨拶に来たのだが、当然フレドリックのことは完全無視。

結局、リリスは応対に忙しく、庭をのんびり眺めることもできず、頃合いを見て部屋へと引き上げることにした。

「まあ、確かにね。みんなにこやかに挨拶してくれたけれど、言葉の端々に本音が出ていることに気付かないのかしら。お茶会のときより露骨だったわ」

呆れたように呟いたリリスの言葉に、フレドリックが笑う。

気分転換を兼ねたこの散歩は、一種の課題でもあったようだ。

部屋に戻った途端、フレドリックはにやりとした笑みに変えて、リリスに問いかけた。

「それで、リリス様はどう感じられましたかな？」

「前途多難ね。はっきり言って、この国の歴史はまだ浅いわ。それなのに、貴族たちの頭はずいぶん固そうに思えたわね」

そこでいったん言葉を切り、テーナに散歩用の細々とした装飾品を渡すと、着替えることなく疲れたようにソファに座り、フレドリックに向かいの席を勧めた。

そこにレセが冷たいお茶を運んできてくれたので、喉を潤してから続ける。

「ここまでこの国が短期間で大きくなったのも、皇帝陛下だけでなく臣下のみんなが柔軟な考えを持っているからだと思っていたけれど、甘かったみたい。先日のお茶会でも感じたけど、昔からこの国を支えてきたって自負している古参の貴族の方たちと、ここ最近の功績で爵位を授かった新興貴族の方たちが反目し合っているのは間違いないわね。それに加えて、吸収合併されたとでもいうのかしら……その国の元王族――今は大公だの、何だのって方々のプライドとか、田舎娘の私に対する小馬鹿にした態度とか、男性陣からはすごく感じたわ。たった少しだけの会話で」

「そうですなあ。まあ、これだけ大きな国になりますと、歴史云々は関係なく、皇宮内は愛憎渦巻く精神的戦場となりますからなあ」

「やめて、脅かさないで。そりゃ、私の考えは甘かったけれど、でも負けるつもりはないわ。私はフロイトの王女なんだから。田舎者と馬鹿にされて、部屋に籠って泣いてばかりいるような小娘じゃないもの」

「部屋に籠って眠ってばかりですがな」

「もう、茶化さないでよ。要するに、フウ先生が言いたいのは、私がたとえトイセンでシヤナを焼き上げることができても、難題はまだまだあるって言いたいんでしょう？　それなのに、こんなところでもたもたするなってことよね」

確信を持って問いかけたリリスの言葉に、フレドリックは穏やかに微笑んだ。

ひとまずは合格らしい。

本当にちっとも優しくない厳しい教師だが、ここぞというときには頼りになるし、時々ヒントをくれる。

フレドリックはきっと、様々な噂や弟子からの報告、そして自分で目にしたことで、この皇宮内のだいたいの状況を把握したのだろう。

その上で、リリスに警告してくれているのだ。

「油断大敵。千思万考。居安思危。そして、一意専心。猪突猛進ね！」

「いやいや、リリス様。最後のほうがおかしいですぞ。特に最後が」

「そうかしら？　考えてダメなときは、実行あるのみよ。それでダメなら、また考えればいいのよ。少しは前に進んでいるはずなんだから」

「……後退しているかもとは考えないんですな」

フレドリックは、リリスらしい宣言に突っ込みつつ笑った。

本当に、この王女様と――今は妃殿下となってしまったが、出会ってから退屈になってしまっていた人生が楽しくて仕方ない。

不機嫌な顔しかしていなかった昔のフレドリックを知っている弟子は、今のフレドリックに逆に怯えつつ、老いはこうも人を変えるのかと感心していたりする。

もちろんその弟子には一喝入れておいたが。

皇帝と皇太子がどこまで気づいているのかわからないが、この皇宮には間違いなく大きな闇がある。

その闇にリリスが飲み込まれないよう、しっかり見守らねばとフレドリックは強く思った。

（まあ、逆にリリス様がその明るさで、闇さえも照らしてしまわれるかもしれんがの……）

そう考えて、この急で強引な婚姻の意味がわかったような気がした。

フレドリックはまだ皇帝には直接会ったことがないので確信は持てないが、ひょっとして花嫁がリリスに決まることからここまで、全て皇帝は見通していたのではないかと思える。

（ふむ。ここまでこの国を大きくされた方だからの。裏切られて傷ついたお人好しのふりもお手の物ということか……。まあ、とにかく油断ならぬ方であるのは間違いないな）

一人納得したフレドリックは、再びジェスアルドへ提出する文書に取りかかったリリスへ、温かい目を向けた。

どんな思惑が渦巻いていようが、きっとこの方なら全て吹き飛ばして前に進んでいくのだろうなと思いながら。

＊　＊　＊

その夜――。

ジェスアルドはリリスの部屋とを繋ぐドアを見つめながら、悩んでいた。

特に目的もないのに訪れるのは迷惑だろう。

だが、昨夜あのような別れ方をしてしまったために、何となく気持ちが落ち着かないのだ。

もっと詳しく話を聞けばよかったと後悔したのは、部屋に戻ってからだった。

やはり部屋を訪ね、トイセンでのシヤナ作製についての詳細を訊こうかとして、ジェスアルドは足を止めた。

こんな夜遅い時間にする話ではなく、もうすでにリリスは寝ているかもしれない。

そこまで考えたが、ジェスアルドは再びリリスの部屋へと向かった。

もしまだ起きていれば、今日の出来事など、何気ない話だけでもすればいいのではないかと思ったのだ。

そして、そっとリリスの寝室のドアを開け、ジェスアルドは知らず落胆した。

あれだけ悩んでいたのが虚しくなるほどに、リリスはぐっすり眠っていたのだ。

枕元の明かりはつけたまま、サイドチェストには筆記具が置かれている。

ジェスアルドがそっと部屋へ足を踏み入れても、リリスは起きる気配がない。

ちょっとした罪悪感に襲われながら、ジェスアルドは枕元に立って、じっとリリスを見つめた。

彼女を妃に迎えてから、ジェスアルドの生活は大きく変わってしまった。

初めは面倒なだけの荷物を抱えてしまったぐらいにしか思わず、関わらずにいれば今までどおりの生活を送れると考えていたのだ。

それが今ではすっかり振り回されている。

そしてふと、自分が寝顔を見ていることにリリスが気付いたら驚き不快になるだろうと思い、ジェスアルドは急ぎ自分の部屋に戻ろうと踵を返した。

が――。

「ジェド」

呼びかけられ、足を止めたジェスアルドは振り向いた。

「すまない、起こしてしまった……」

しかし、ジェスアルドの謝罪は途切れた。

リリスは目を閉じたままで、どうやら寝言だったらしい。

ほっと息を吐いたジェスアルドは、またリリスの寝顔を見つめた。

初めて顔を合わせた頃、あえて避けていたのは情を移したくなかったからだ。

それでも、緑色の瞳は印象的で惹きつけられてしまった。

今、その瞳は隠れてしまっているが、長いまつ毛といい、小さな鼻といい、可愛いと思える。それによく動く唇。

いつも笑っている印象のリリスだが、最近はその笑顔の違いも少しだがわかるようになってきた。

昨夜のリリスの笑顔は確実に怒っていた。

しかし、何がそんなに怒らせてしまったのかがわからない。

ジェスアルドはそのときのことを思い出して眉を寄せたが、逆に眠っているはずのリリスは嬉しそうに微笑んだ。

夢の中でまで笑っているんだなと感心しながら、部屋へ戻ろうとしたところで、リリスの表情が一変した。

苦しそうに顔をしかめ、歯をくいしばっている。

かすかに呻くような声も聞こえた。

ジェスアルドは心配になり、起こすべきかと迷い、そしてやはり声をかけようとした瞬間、リリスはかっと目を見開き叫んだ。

「――んな、無茶なっ！」

ジェスアルドはびくりとして伸ばしかけた手を止め、固まった。

今まで数々の戦場を生き抜いてきたが、ここまで肝を冷やしたことはなかったかもしれない。

速い鼓動をどうにか鎮めようと深呼吸するジェスアルドと同様に、深く息を吐きながらリリスは起き上がった。

「……リリス、大丈夫か？」

「ジェド!?　ど、どど、どう、どうっ……大丈夫です！」

当然だが、リリスはジェスアルドがいることに驚いたらしい。

少々挙動不審ながら問いかけに答え、きょろきょろと周囲を見回した。

「ここはあなたの寝室だ。その、私があなたの部屋に来たんだが……」

「それは……あ、ひょっとしてうるさかったですか？　すみません。たまに夢を見て、叫んだりしてしまうので……」

「いや……その……本当に大丈夫なのか？　うなされていたようだが……」

ジェスアルドが部屋に来たのは叫び声を聞いたからではない。

その後ろめたさから、あやふやな言い方になってしまったが、心配しているのは本当だった。

すると、リリスはちょっとだけ考え、それから気まずそうに笑った。

「本当に大丈夫です。ご心配をおかけしてしまって、すみません。あの、私……先ほども言いましたが、よく夢を見て叫んだり暴れたりするんです。ですが、もしそんな私に気付いても絶対に起こさないでください。その、夢の途中で起きてしまうと……消化不良でどうにも気分が悪くなってしまうので……。お願いします」

「……わかった」

リリスの不自然な説明にも、ジェスアルドは了承して頷いた。

今はもう〝リリスだから〟で納得できてしまう。

ほっとしたように笑うリリスに、ジェスアルドもかすかに笑い返し、それから気になっていたことを口にした。

「……ところで、先ほどはどんな夢を見ていたんだ？」

「え？」

ジェスアルドにこの婚姻で一番心配していたことを納得してもらったと、安堵していたリリスは、この質問に焦った。

本気で興味を持っているのか、ジェスアルドはベッドに軽く腰かける。

リリスは適当に誤魔化すべきかとちょっとだけ迷い、今回は本当に夢だったのだからと、正直に話すことにした。

「新婚旅行で、ジェドに海に連れていってもらったんです」

「いや、海に行く予定は――」

「夢ですから」

「ああ、そうだったな」

リリスの言葉にジェスアルドが真面目に答えようとしたので、すかさず突っ込むと、ジェスアルドは笑った。

最近のジェスアルドは自然に笑うようになっている。

それが嬉しくて、リリスはそのまま素直に話を続けた。

「それで、とても大きな船に乗って、さあ出航ってなったときにジェドが『これで漕いで進めてくれ』って、私にオールを渡してくれたんです。でもジェドと私以外誰もいないし、オールは一本しかないし、いつの間にかジェドは陸上で私に手を振っているし……。それでも頑張って漕ごうとしたんですけど、オールが海面に届かなくて苦労しました」

「それは……大変だったな」

「はい」

やれやれとため息を吐いたリリスを、ジェスアルドは労ってくれた。

最初は、これは未来の夢なのかと、リリスは心躍らせたのだ。

海も大きな船も現実夢で見たことがあったので、すぐにわかった。

しかし、オールを渡されたくらいからおかしいと感じ始め、本物の夢だと気付き、どうにか目覚めたときにはジェスアルドがいたのでかなり驚いたのだった。

実のところ、まだ夢かと思ったくらいだ。

「では、今度はもっと楽しい夢を見ることができるといいな」

そう言って、ジェスアルドは立ち上がった。

リリスはそんなジェスアルドの上着の裾を思わず摑んだ。

「あの！　えっと……昨夜はごめんなさい」

「すごく生意気な言い方をしてしまいました。ジェドには私の我が儘で迷惑ばかりかけているのに」

「うん？」

「いや……迷惑に思ったことは一度もない。ただ少し驚いただけだ。私には自分では気づかず、人を不快にさせてしまうことがよくある。そのせいであなたを怒らせてしまったのだろう」

「いいえ、そんなことは…ないです。ちょっとイライラしていただけで……」

すぐに否定しかけて、昨夜の無神経発言を思い出したリリスは、ぎこちなく答えてしまった。

ジェスアルドは小さく笑って、自分の裾を摑んだままのリリスの手を握る。

「お互い、不完全な人間ということだな。だが、それで当たり前なのだろう。だからまた、私が何か不快にさせてしまったなら、気にせず怒ってくれてかまわないんだ。そのような相手は、あなたぐらいしかいないのだから」

「で、では、私のことも怒ってください。私、よく考えずに発言したり、行動してしまう癖があるので。フロイトではしょっちゅうお母様に怒られていましたし……」

「それなら、やはりお互い様ということだな」

ジェスアルドの表情があまりに優しくて、繋いだ手から伝わる熱がリリスの心まで熱くする。

そのせいで余計なことまで言ってしまった。

ジェスアルドはくすくす笑いながら答えて、リリスの手に軽く口づけた。

「おやすみ、リリス。素敵な夢を」

「お、おやすみなさい！」

今度こそ部屋へと戻るジェスアルドを、リリスは真っ赤になって見送った。

これではまるで憧れの恋人同士みたいだ。

わけがわからなくなったリリスは、勢いよく布団にくるまって、じたばたと悶えたのだった。

26

ジェスアルドの言葉どおり、あれから楽しい夢を見て目覚めたリリスは、かなり幸せな気分だった。

久しぶりにフロイト王国の家族の夢を見たのだ。

（うん。きっとジェドのお陰ね！）

上機嫌のリリスは筆も進み、ジェスアルドに提出するべき文書の下書きがお昼前には出来上がった。

あとはフレドリックにチェックしてもらうだけだ。

「ふむ。よくできているのではないですかな。ただここが少し説得力に欠けるのと、こちらがおかしな文章になっているのと、こっちは綴りが間違っておりますな。あと……」

と、かなりのダメ出しをもらったものの、どうにか合格点をもらい、清書してジェスアルドへ提出できたときにはお昼をかなり回っていた。

それからようやく一息ついて、フレドリックと一緒にのんびり昼食を食べていると、驚くことにさっそくジェスアルドから返答があった。

「フウ先生、どうしよう……。さっきの文書、疑問点があるから今日の夕方にでも直接訊きたいってあるわ。しかも、皇帝陛下まで同席なさるって！」

「まあ、当然でしょうな。もし、リリス様がシヤナを再現できるのなら、国家事業となってもおかしくないほどですからのお。では私も同席させていただいてよろしいかな？」

「もちろんよ！」

皇帝陛下とはまだ数回しか会ったことがなく、さすがにリリスも緊張してきてしまった。

だが、フレドリックはとても楽しそうだ。

そんなフレドリックを見ていると、リリスも落ち着いてきた。

（そうよね。今さらうだうだ悩んだって仕方ないし、なるようになるわ）

すっかり開き直ったリリスは、夕方になり、皇帝陛下の私室に向かったときも足取りは軽かった。

話し合いの内容をまだ公にできないために、皇帝が息子夫婦と少し遅めのお茶を楽しむという設定らしい。

さすがにリリスも皇帝と面したときは少々緊張したが、それもすぐに緩和された。

そして驚くことに、リリスがトイセンでシヤナを試作する話はすんなり通ってしまったのだった。

自室へと戻ったリリスは、まだ信じられない気分でぼそりと呟く。

「何だか、煙に包まれた気分だわ……」

「リリス様、それでは死んでしまいますぞ。確か〝狐につままれた〟ではなかったですかな？　何でも、異世界の狐は人を化かすとかで」

「ああ、そうそう。そうだったわ。すごいわよね、異世界の狐って。それに狸もよ。それで化かし合い合戦をするの……って、そうじゃなくて」

フレドリックの突っ込みに答えたリリスだったが、話が逸れてしまったことに気付き、咳払いをして姿勢を正した。

先ほどお茶をいただいたばかりなので、今日の夕食は少し遅めにする予定だ。

「だって、まさか陛下が私の話を疑いもせず、昔使っていた窯を試作用に使えるようにしてくださって、協力してくれる熟練の焼き物師さんまで探してくださるのよ？　ブンミニから石も運んで」

「実行されるのは、皇太子殿下ですがな」

「ええ。でもたったこの数刻の間に、そこまで二人で話を決めてくださっているなんてびっくりよ。それにもうすでに、トイセンには内偵まで送っているのよ？　本当に、アメとムチ作戦なのね、お二人は」

「どうやらこの国にも狐と狸はいるようですな」

「え？　それはもちろんいるけど……？」

「リリス様、お気をつけなされ。この皇宮は狐と狸の化かし合いですぞ」

「ああ、そういうこと……」

　フレドリックの絶妙なたとえを理解して、リリスは納得した。

　皇帝のあの穏やかさはやはり見せかけなのだ。

　実際、噂が全て嘘というわけではないだろうが、皇太子が皆に恐れられる一方で、皇帝はそのカリスマ性をもって慕われている。

　過去に併合した国々の中には、侵略と言われてもやむを得ないほど、強硬な手段を取ったことが幾度もあるにもかかわらず。

「でもずるいわ。それじゃあ、殿下が損な役回りだもの。たとえ殿下が納得されているにしても、私は納得できない。それに今はいいとして、この先はどうするのかしら？」

「この先とは？」

「こういうことを言うのは憚られるけれど、陛下がご病気になったり、お亡くなりになったときよ。今の体制だと、崩壊とまではいかなくてもかなり揺らいでしまうわ。はっきり言って、コンラードが陛下の代わりを務めるにはあまりにも力不足だもの。だからといって、今さら殿下が優しくなっても、不気味に思われるだけよね……」

　フレドリックは、はあっとため息を吐くリリスを、目を細めて見ていた。

　世の男性陣のように、女性はか弱く守るだけの存在と思っているわけではないが、今のこの世の中でここまで将来を見通して国の政治体制に悩んでいる女性は、リリス以外にはいないだろう。

「陛下はかなり優秀な密偵をフロイトに潜入させているのでしょうな」

「え?」

思わずといった様子で呟いたフレドリックの言葉が聞き取れなくて、リリスは訊き返した。

すると、フレドリックはにんまり笑う。

「どうやら陛下は――おそらく殿下もですが、私の本名をご存じのようでしたよ」

「そうなの?」

「はい。私が名乗ったときの、お二人の顔にはっきりと〝この嘘つきめ〟と責めが浮かんでおりましたからな」

「気付かなかったわ……。でもまあ、特に何もおっしゃらなかったってことは、それでいいってことよね? ということは、フウ先生がいるからこそ、私のことも信用してくれたのね。なるほど」

ふむふむと頷くリリスに、フレドリックは何も言わなかった。

皇帝はおそらく自分の役割をリリスに振るつもりなのだ。

リリスの現実夢のことまで知っているとは思えないが、間違いなくリリスの能力は買っているのだろう。

そこまで考え、皇太子はまだまだだなと、フレドリックは老猾(ろうかい)な笑みを浮かべた。

「でも、少し反省したわ。夢で見たことだけで判断してはいけないって」

「ほう？」

「たとえば、夢の中で二人の男性が悪だくみをしていたとしても、それが嘘だってこともあり得るってことよね？　片方が片方を陥れようとしているとか。ほんと私もまだまだだわ。夢で見ただけで、陛下のことをお人好しと判断していたけれど、大失敗。未熟者の自分が恨めしい……」

そう嘆くリリスを見て、フレドリックは大声で笑った。

当然のことながら、リリスは不機嫌そうにフレドリックを睨む。

「人間、一番難しいのは己を知ることですぞ。リリス様はそのことをよくご存じでいらっしゃるのですから、これからいくらでも成長できます。心配なされるな。未熟さでいうのなら、私だってまだまだですからな」

「ええ？　フウ先生でまだまだなら私はいったいどうなるの？　ひよっこどころか、まだ卵からも孵れてないんじゃない？」

「鳥にとって最初の試練は、卵から孵ることですぞ。とすれば、リリス様はこのご結婚で今、最初の試練に立ち向かっているのでしょうな」

「ああ、悔しいけど納得」

リリスはばたりとテーブルに突っ伏した。

その姿にテーナは眉を上げたが、何も言わず夕食の用意を進める。

「フウ先生、お願いだから長生きしてね。そしてこのひよっこ未満を立派な成鳥へと成長させてね！　……今の面白かった？」

「まだまだですな」

「厳しいわね」

いつものくだらないやり取りに二人で笑いながらも、フレドリックは絶対に長生きをしようと誓っていた。

こんなに面白いものを間近で見もせず死ぬなど、心残りもいいところだからだ。

今度は好々爺らしい笑みを浮かべて、フレドリックは俯いたままのリリスを見つめたのだった。

＊　＊　＊

トイセン行きの旅行の準備は大急ぎで進められ、テーナとレセも荷造りや、連れていくメイドの人選やらで忙しく、今は最終確認を行っている。

そのような中で、リリスは申し訳なく思いながらもぼんやりと行程表を眺めていた。

ジェスアルドから届けられたそれは、休憩場所や所要時間などが書かれており、作成者の几帳面さが表れている。

もちろんあくまでも予定ではあるが、地図と照らし合わせてみれば、かなり余裕を持たせてあることがわかった。

おそらく、リリスの体調を気遣ってくれてのことだろう。

そのことでジェスアルドにお礼を言いたいのだが、皇帝を同席したあの話し合い以来、一度も会えていないのだ。

特に約束をしていなければ、夫婦といえどもここまで顔を合わせることができないのがリリスには寂しかった。

しかし、避けられているわけではないと思う。

ただでさえ忙しいジェスアルドが、これから二十日以上も皇宮を留守にするのだから、多忙を極めているのだろう。

実際、リリスは昨夜勇気を出してジェスアルドの寝室のドアをノックした。

だが応答はなく、悪いと思いつつもそっとドアを開けてみれば、部屋は空だったのだ。

耳を澄ましても、誰かが居間にいる気配もない。

結局、リリスはすごすごと自室に戻ることになったのだった。

(でも、明日からは一緒に過ごす時間もたっぷりあるはずだもの。何と言っても、新婚旅行なんだから！)

視察も兼ねていることはひとまず置いて、リリスは明日からの時間に期待することにした。

明朝の出発に備えて夕食をしっかりとると、早めに寝支度に取りかかる。

そこへ取り次ぎの使者がやってきたらしく、レセが対応のために前室へと入り、すぐに慌てた様子で戻ってきた。

「リリス様、殿下がいらっしゃっていますが、いかがいたしましょう?」

「ええ!? 今!?」

「は、はい!」

もうすでに夜衣に着替えてしまっているが、もう一度着替える時間はない。

だが断りたくはなくて、リリスは了承することにした。

「いいわ、お待たせするのは申し訳ないから、居間へお通しして」

「か、かしこまりました」

レセは再び前室へと戻り、テーナが急ぎ髪の毛を整えてくれる。

そしてガウンを羽織り、居間へリリスが入ると、立ったままだったジェスアルドが振り向き、顔をしかめた。

「すまない、こんな時間に」

「いいえ。こちらこそこのような姿で申し訳ございません。殿下がお気になさる時間ではありませんので、大丈夫です。今夜は明日に備えて早めに休もうと思っただけですから」

ソファへと勧めてリリスも向かいに座ると、レセがリラックス効果のあるハーブティーを淹れてくれる。

そして気を利かせたテーナに続いて控室へと下がると、二人きりになったリリスとジェスアルドの間にちょっとした沈黙が漂った。

いったいどうしたのかとリリスは考え、ジェスアルドが忙しい中でわざわざ会いに来てくれたのは何かあったのだろうと、ようやく気付いた。

「ひょっとして、明日の出発は中止になったのですか？」

「いや、それはない。ただ……」

「……ただ？」

「その、忙しさのあまり、あなたに会うことができなかったが、体調はどうだろうか？出発前にきちんと確認しておきたいと思ったんだ」

「だ、だだ大丈夫です！　元気いっぱいです！」

「そうか……」

予想外の質問に感極まって、舌を嚙みそうになりながらもリリスがどうにか答えると、ジェスアルドはほっとしたようにかすかに笑みを浮かべた。

もうそれだけで、リリスの胸はぎゅっと何かに摑まれたかのように苦しくなる。

それでもお礼を言わなければと、必死に口を動かした。

「あの、ジェド……行程表、を拝見しました。あんなにゆっくりで……ありがとうございます」

「ああ、いや。大したことではない。あなたはこの国に嫁いで間もないのに、この国のためにと力を尽くしてくれる。それならせめて私たちは、あなたに無理をしないでいてほしいんだ」

「ありがとう、ございます」

今夜はどうもおかしい。

リリスがいつものように言葉が出てこない自分に戸惑っているうちに、ジェスアルドは立ち上がった。

「これ以上はあなたの睡眠の邪魔をしてしまうな。では……おやすみ、リリス」

「は、はい……」

立ち上がったリリスに、見送りはいいというように手を上げて、ジェスアルドは素早く部屋を出ていってしまった。

その後ろ姿を見送って、ぼんやり立ったままでいると、テーナがそっと控室から顔を覗かせた。

「リリス様、殿下はお帰りになったのですか?」

「え？　ええ……」

「お顔が赤くなっていらっしゃいますが、まさかお熱でも――」

「だ、大丈夫よ！　大丈夫だから！　明日は予定どおり出発だから！　もう寝るわね！」

顔を赤くしてぼうっとしているリリスを心配して、近づいて来ようとしたテーナを遮り、リリスは寝室へと駆け込んだ。

そしてドアを閉めると、もうしないと誓ったこと――ベッドへとリリスは勢いよくダイブした。

その後はひとしきりベッドの上でジタバタと悶え、よくわからないものを発散させると、くしゃくしゃになった布団にくるまって目を閉じた。

しかし、いつもと違ってなかなか眠ることができない。

まるでピクニック前日の子供のようであったが、それでもいつしかリリスは深い眠りに落ちていった。

明日への希望を胸いっぱいにして——。

番外編　結婚式の翌日

結婚式の翌朝。

いつもと変わらない時刻に執務室に現れたジェスアルドを見て、側近のフリオは驚いた。

仕事中毒とでも言うべきジェスアルドではあるが、さすがに自分の結婚式の翌日から通常どおりに過ごすとは思ってもいなかったのだ。

あの小柄な可愛らしい花嫁が——皇太子妃殿下が傷ついていないといいがとフリオは願いつつ、そのことについては何も触れなかった。

それはジェスアルドに慣れた——恐れることのなくなった執務官たちも同様であったが、この皇宮には空気を読まない存在が二人いる。

一人は皇帝であり、もう一人はジェスアルドの従弟であるコンラードだ。

そして、そのコンラードが正午を過ぎた頃、いつものようにノックもしないで執務室に入ってきた。

「やあ、ジェス。君はいったい何をしているんだ?」

「……仕事だ」

お前こそ何をしているんだ、と問いたいのを我慢して、ジェスアルドは答えた。

コンラードは自分の立場に見合った行動をまったくしない。皇位継承者として出るべき会議も出席せず、執務は全て側近任せで、いつもふらふらしている。

そのことに眉をひそめる者もいるが、逆に傀儡として利用できるのではと企てる者もおり、次期皇帝に呪われた皇子であるジェスアルドではなく、コンラードをという声も多い。

ジェスアルドにとっては妃を再び娶る気はなかったので、次代に繋げるためにもコンラードが帝位を継いでもかまわないと考えていた。

しかし、コンラードは反ジェスアルド派を抑えるために、わざと奔放な振る舞いをしているようにも思える。

いつもへらへらと笑っているコンラードだが、時折その濃紺の瞳に底知れぬ光が宿って見えるのだ。

「ジェス、僕はそんなことを訊いているんじゃないんだよ。だって、ジェスは新婚だよ？　昨日結婚したばかりだよ？　花嫁を放って仕事なんてしている場合じゃないだろう？　今日くらいは……いや、当分は仕事なんて放り出して、花嫁との愛を深めるべきだよ」

「……」

思い出したくなかったことをコンラードに言われ、ジェスアルドは見るからに不機嫌になった。

そんなジェスアルドに対し、フリオはどうにかこの部屋から出ていけないかと考え、ひとまずいないふりをする。

だが、コンラードは相変わらず気にしないどころか、むしろ楽しげに顔を輝かせてさらに続けた。

「アマリリス王女は病弱だって聞いてたけど、確かに体も小さくて儚げな感じだったよねえ。でも顔は可愛かったし、おとなしくて従順そうだし……。よかったね、ジェス」

「……」

今度のコンラードの言葉は、ジェスアルドにとって笑えばいいのか否定するべきなのかわからず、結局は無言を通した。

今朝、ジェスアルドの寝室に乗り込んできたアマリリスは、おとなしくもなければ従順でもなかった。

あれはいったい何だったのかと考え始めたジェスアルドの態度に、コンラードは退屈したらしい。

呆れたように何かを言って去っていき、室内に静寂が戻った。

アマリリスはジェスアルドの記憶が正しければ、昨夜訪れなかったことを怒っていた。

それはまだいい。――よくはないが。

だが、今夜ジェスアルドがアマリリスの寝室に訪れなければ、尖塔のてっぺんから叫ぶと言っていたような気がする。

(いや、まさかそんなはずはないか……)

仮にも一国の王女がそのようなことをするわけがない。

きっと聞き間違いだと結論づけようとして、ふと一昨日――結婚式前日にアマリリスと庭を散策したときのことを思い出した。

あのときも同じようなことを言っていたが、ジェスアルドは本気にしていなかったのだ。

もちろん今も本気だとは思えない。

そこでジェスアルドは気付いた。

あれはおそらく恐怖からくる言動なのだと。

アマリリスはフロイト王国とエアーラス帝国との血縁関係による同盟という使命を与えられて嫁いできたのだ。

その荷の重さに逃げ出すこともできず、ジェスアルドを恐れてはいても使命に縛られ、完全な夫婦とならなければと思い込んでいるのだろう。

(ならば、その必要はないと伝えるべきか……)

ジェスアルドはそう考え、いつ伝えるべきかで悩んだ。

同盟を強固にするためにも、周囲にはきちんとした夫婦であると思わせる必要がある。

そのためには二人きりで話さなければならないが、下手に怯(おび)えさせたくはなかった。

手紙など証拠の残るものは避けるべきであり、やはり直接話をするしかない。

しばらくはそっとしておいて、この皇宮に慣れた頃に一度昼食でも共にしながら話をしよう。

ようやく結論が出たジェスアルドは胸のつかえが取れた気がして、そこからは執務に集中できた。

いや、少々夢中になりすぎたのかもしれない。

気がつけば夜もかなり遅い時間になっており、フリオに謝罪してジェスアルドは自室に戻った。

そこで早々に寝支度をして寝室へと入る。

もちろん常に携帯している剣を持ったまま。

そのとき、妃の部屋から勢いよく誰かがやってくる気配がした。

正直に言えば、誰かはもうわかっている。

こんなにうるさい侵入者がいるはずがない。

ただジェスアルドは念のためにと剣を抜き、ドアの横で待ち構えた。

「殿下――！」

予想どおり現れたのは、昨日妃になったばかりのアマリリス。

アマリリスはジェスアルドに剣を突きつけられ、ぴたりと動きを止めたが、目線だけを動かして剣の持ち主を確認した。

そして、にっこり笑う。

「よかった……。殿下だったんですね」

「……何がよかったのかわからん。私以外に、こんな時間に誰がいる」

「いえ、てっきり刺客かと思いました。でも殿下だったのでよかったって思ったんです」

「……」

ジェスアルドにとっては、まさかと思いつつもリリスが刺客だった場合を考えていたのだが、そのことについては触れなかった。

リリスの姿をざっと検分したところ、薄い夜衣をまとっただけで、武器らしきものは持っていない。

「それで、こんな時間に何をしに来たんだ？」

「何を言ってるんですか！　こんな時間だからこそ来たんです。今日は部屋に来てくださいってお願いしましたよね？　どうして来てくれないんですか？」

「……今日は……疲れていたんだ……」

なぜこんな情けないことを言わなければならないのかと、ジェスアルドは頭を抱えたくなったが、リリスは申し訳なさそうに表情を曇らせる。

「そうだったんですね……。それなのに、こうして睡眠の妨げをしてしまって、すみませんでした。では、私は部屋に戻りますが、次からはその旨を先に伝えていただけると、とてもありがたいので、よろしくお願いします。では、おやすみなさい」

「……ああ」

しょんぼり落ち込んだ様子で自室に戻っていくリリスを見送りながら、ジェスアルドはふと気付いた。

（次？　次から――明日からは連絡しなければいけないのか？）

思わずそんなことはしないと言いかけて、自室に繋がるドアの手前で振り返ったリリスを見て口をつぐむ。

リリスは笑顔で手を振りながら、ドアの向こうに消えていってしまった。

「何だ、あれは……」

リリスの言動はもはやジェスアルドの理解をはるかに超えている。

ジェスアルドもまたドアを閉めてベッドに戻りながら、リリスの兄であるエアムの言葉を思い出していた。

『あの子は少々……いえ、かなり変わっているところもありますが、得難き宝と言っても過言ではないでしょう』

（確かに、かなり変わっている。だが、得難き宝とは……）

そこまで考え、ジェスアルドはふんっと鼻で笑って、枕元に剣を置き、ベッドに横になった。

「得難き宝か……」

思わず声に出していたことに気付いて、ジェスアルドはまた鼻で笑った。

あまりにも馬鹿馬鹿しい。

だが、リリスがかなりの変わり者であることは間違いなく、明日は彼女の部屋を訪れてみようかという気になってくる。

そのときにいったいどういった態度に出るのか、ちょっとした興味が湧いたからだった。

このときのジェスアルドは、翌日さらに予想を超えたアマリリスの行動を目にすることになるとは、考えてもいなかったのだった。

番外編　兄妹ゲンカ

フロイト王国の冬は厳しい。

特に今年は雪が多く、皆が家へと籠って灰色の暗い空を見上げてはため息を吐いていた。

しかし、ここ近年の国の施策のおかげで蓄えはしっかりある。

飢えることはもうないのだという安心感は、皆の心を温めた。

そして王城では、国王をはじめとした首脳陣たちが孤立した集落がないか、雪による被害はないかと確認を怠らず、王妃たち女性陣は広間で織物をしながら美しい声で歌って城内を明るくしていた。

城内に響く歌は春を待ち望むもので、この地に古くから伝わる民謡である。

女性たちの柔らかな歌声が冷たい空気まで和らげていた。——が、そこに不協和音が混じる。

ひときわ甲高い声がどこからともなく聞こえてきたのだ。

皆が顔を見合わせ、声の出どころを探していたが、王妃は深いため息を吐いて手を止め立ち上がった。

そのまま窓際へと向かい、わずかに雪が張りついたガラス窓を開ける。

今日は比較的暖かいので光を取り込むため、昼前に木窓は開けていたのだ。

途端に冷気とともに、先ほどよりも大きな声が舞い込んできた。

「エアム兄さまのぉ、食いしんぼーう！　いじわるー！」

王妃はぱたんと窓を閉めて皆へと振り返ると、思わず目を逸らす女性たちに向けてにっこり微笑んだ。

そして冷気よりもさらに冷たい声で告げる。

「皆様、ちょぉっと失礼しますね」

王妃は「うふふ」と笑いながら、その場に凍りついてしまったような女性たちを残して広間を出ていく。

しばらくして、ようやく動き始めた女性たちは、わずかに冷えてしまった広間を温めるべく暖炉に薪を焚べ、休憩のためにお茶を淹れた。

「またエアム様とリリス様がケンカなさったようね」

「今度の原因は何かしら？」

「食いしん坊がどうとかおっしゃっていたから、おやつの取り合いかも」

「きっとそうね」

女性たちは休憩に入ると、今度はおしゃべりで広間を明るく賑やかにする。

城の者たちは皆、国王一家を敬愛しているのだ。

「それにしても、リリス様のお声は外から聞こえたわよね？」

「リリス様はお体が弱くていらっしゃるのに、大丈夫かしら……」

「お風邪を召されなければいいのだけれど」

「本当だわ。あれほど溌剌とされているのに、またベッドから出られなくなってしまったら、お気の毒だもの」

愛する王女のリリスの体調を皆が心配している頃、当人は母である王妃の前へと連行されていた。

正確には、子供の立ち入りが禁止されている尖塔の最上階にいたリリスを、騎士の一人が急ぎ保護したのだ。

王妃の前に立つリリスの隣には、第二王子であるエアムもいる。

「エアムが悪いわ。リリスが怒るのも仕方ないわね。だけど……」

二人の言い分を聞いた王妃はそう言うと、頭痛を和らげようとするかのようにこめかみを揉みながら深いため息を吐いた。

ケンカの原因はやはり先におやつを食べ終えたエアムがリリスの分を摘まんだことである。

「リリス、一人で勝手に尖塔に入るなんて、どれほど危険なことをしたかわかる？　皆に心配をかけたうえに、あなたを助けるために騎士のヨハンは尖塔の最上階まで駆け上がることになったのよ？」

「……ごめんなさい」

「申し訳ありません、母上。僕がリリスをけしかけたんです。悔しかったら一番高い所から叫んでみんなに知らせてみろって。そうしたら、謝ってやるって……」

「でも、意地になったのは私なの！」

「あなたたち……。どうして最初からそうして仲良くしないの？」

リリスとエアムは叱られるといつも庇い合う。

王妃は再度ため息を吐きながら立ち上がると、子供たちの前に膝をついてまずはエアムを抱きしめた。

「正直なのはいいことよ。だけど、リリスに意地悪してはダメ」

「……はい。ごめんなさい」

本当は妹思いの優しい兄なのだが、エアムは最近になってリリスへ意地悪するようになっていた。

リリスの力が皆の役に立てば立つほどに、おそらく寂しいのだろう。

それは嫉妬というよりも、大好きな妹が遠くなってしまうように感じているのではないかと、王妃は思っていた。

続いて隣でそわそわしながら待つリリスを抱きしめると、嬉しそうに「えへへ」と笑う声が聞こえる。

「リリス、あなたが無事でよかったわ。だけどもう決まりは破らないって約束してちょうだい」

王妃が優しく諭すと、リリスは黙って頷いた。

しかし、リリスから少し離れた王妃は厳しい顔つきになる。

「あなたたちのケンカでみんなに心配をかけ、迷惑をかけたのは、とても悪いことよ。それはわかるわね？」

「……はい」

「はい、母上」

王妃は優しいが厳しい。

リリスもエアムもしょんぼりしつつ素直に返事をした。

「では、まずはヨハンたちに謝ってきなさい。それから改めてお説教ですからね」

「……はい」

「わかりました」

叱られるのはまだこれからだと告げられてがっかりしながらも、リリスとエアムは心配と迷惑をかけたヨハンや侍女たちへ謝罪に向かった。

だが、二人はしっかり手を繋いでいる。

王妃はその姿を微笑ましく見ていたが、すぐに表情を引き締めた。

まだ子供ではあるが、二人の立場を考えると甘やかしてはダメなのだ。

そこにダリアがやってきて、王妃のスカートをぎゅっと摑む。

「おかあさま、おこってはダメ。えあむにいさまとねえさまはとてもやさしいの」

「ええ、そうね。ダリアも優しい子ね」

「すぴりすにいさまも！」

「もちろん、その通りよ」

ダリアを抱き上げその頭を撫でると、嬉しそうに「えへへ」と笑う。

その笑い方は大好きな姉のリリスをわざと真似ているのだ。

お転婆なところは真似ないでほしいわ、と王妃が考えていると、今度は長男のスピリスが部屋へと入ってきた。

「――母上。今、エアムとリリスが皆に謝罪しているところを見ました。二人とも十分反省しているようです」

「だからあまり叱るなと言うの？」

「それは……」

スピリスは王太子という重責のせいか、真面目すぎるところがある。

それでもこうして弟妹のために駆けつけるのだ。

王妃はくすりと笑って、ダリアを抱いたまま、スピリスの頬に軽くキスをした。

「あなたも優しい子ね」

「母上……」

最近、母の背を超えたスピリスだが、照れくさそうにする姿はまだ子供らしい。

そんな母子のやり取りを周囲が温かく見守っているところへ、国王がやってきたことで室内はぴりりと緊張した。

「あなた、お仕事は……？」

「城内が何だか賑やかになっているからな。少し早めに昼休憩を取ることにしたんだ」

「まあ、それは申し訳ありません」

「そなたまで謝罪する必要はないだろう。謝罪なら、エアムとリリスが十分している」

城内を騒がせていることで王妃が謝罪すると、国王は悪戯っぽく笑った。

その笑顔を見て、王妃は困ったように顔をしかめる。

「あなたまで、エアムとリリスの許しを乞いにいらしたの？」

「私だけではない。城の皆からの要望だな」

わざとらしく呆れる王妃から、スピリスとダリアに視線を向け、国王は声を出して笑った。

すると、王妃は大袈裟に嘆く。

「まあ！　それでは、私だけがすっかり悪者なのね！」

「おかあさまも、とってもやさしいよ？」

「ありがとう、ダリア」

王妃が腕の中のダリアにキスした時、リリスとエアムが戻ってきた。

しかし、国王とスピリスがいることにうろたえる。

「あの、父さま……わたし……」

「僕が全部悪いんです。リリスのおやつを食べて、塔に上るようにけしかけたから！」

リリスが珍しく動揺して口ごもると、エアムが守るようにさっと前に出て庇う。

途端に国王が厳しい顔つきになってエアムを見下ろす。

「お前は自分が全て悪いと認めるのだな？」

「はい」

「ちっ、違います！　エアム兄さまだけが悪いんじゃありません！　わたしもいっぱい悪いんです！」

国王がエアムに問いただすと、今度はリリスが庇うように一歩前へ出た。

王妃に叱られた時と同じようにお互いを庇い合う二人に、大人たちは緩みそうになる頬をどうにか堪えていた。

だが、そこでダリアが嬉しそうに言う。

「えあむにいさまとねえさまは、とってもなかよし」

その的確な言葉に、国王も王妃もスピリスも、堪えきれなくなって噴き出し笑う。

「お父さま……？」

「母上も兄さんまで……？」

リリスもエアムも、叱られると思っていた両親や兄が声を出して笑っていることに戸惑っていた。

ダリアも嬉しそうにきゃっきゃと声を出している。

「エアムとリリスはいつも息ぴったりで、本当に仲がいいよな」

「ええ、本当に。だから、お互い意地を張るのはもうやめてちょうだい」

スピリスが説明するように言うと、王妃が同意して諭す。

国王もまた穏やかではあるが重みある言葉で注意する。

「ケンカをするなとは言わない。意見が合わないこともあるだろう。だが、意地悪はダメだ。それに、危険なことをして皆に心配をかけるのもダメだ。わかったね？」

その言葉に、リリスもエアムもしっかり頷き答えた。

「はい」

「わかりました」

途端に国王は優しく微笑む。

「では、少し早いが皆がせっかく揃ったのだから、昼食にしようか？」

その提案に、リリスとエアムだけでなくスピリスもぱっと顔を輝かせ、ダリアは喜んで手を叩く。

王妃は昼食の用意を侍女たちに指示しながら、愛する夫と子供たちのいる幸せを噛みしめていた。

この先、たとえ困難な状況に陥ることがあっても、この家族なら力を合わせて乗り越えられるだろう。

そして、特別な力を持つリリスを必ず守ってみせる。

そう強く誓った王妃ではあったが、その後も病弱設定のリリスの破天荒ぶりには、皆で振り回されることになるのだった。

あとがき

皆さま、はじめまして。または、お久しぶりです。もりです。

このたびは『紅の死神は眠り姫の寝起きに悩まされる』をお手に取っていただき、ありがとうございます。

この物語は、元気なヒロインを書きたい！　という私の気持ちから生まれたものです。しかし、何がどうなってこうなったのか、元気がよすぎて押せ押せなヒロインが誕生してしまいました。

リリスの言動には私もびっくりですので、ヒーローであるジェドが振り回されるのも仕方ないのかもしれません。

むしろ、リリスがヒーローでいいのではないかと、ＷＥＢでの読者の方からのお声もちらほらありました。まったくそのとおりだと思います（笑）。

本当は優しいのに過去の出来事や周囲からの評価に、すっかり心を閉ざしてしまったヒロイン……ではなく、ヒーローのジェドでしたが、リリスの明るさについに笑うようになりました。

素敵な挿絵の数々ですが、ラスト一枚のジェドの笑顔には感慨もひとしおで……。

イラストを担当してくださった深山キリ先生には、大変なご無理を申しましたが、こんなにも華麗な表紙と口絵、私の拙い文章を補ってくださる情景描写たっぷりの挿絵を描いてくださり、本当にありがとうございました。

また担当さま、編集部の皆さまにも大変お世話になりました。ありがとうございます。

そして、この本の出版に携わってくださった全ての皆さまに、お礼を申し上げます。

気がつけば『小説家になろう』様に場をお借りして、小説を書き始めて丸七年が経ちました。

今まで書き続けることができたのも、WEBにて応援してくださり、こうして本を手に取ってくださる読者の皆さまのおかげです。

次巻では、押されっぱなしだったジェドがヒーローに返り咲き？　ラブ度アップの予定です。

ちなみにこの物語を書くにあたり、動かない頭をどうにか働かせ、陶磁器や釉薬について頑張って勉強しました。そのうえで、胸を張って宣言します。

この物語は、フィクションですから！

とはいえ、フィクションだから、ファンタジーだからこそ皆さまにたくさん楽しんでいただけるよう、もっともっと精進してまいりますので、これからもよろしくお願いいたします。

それでは、またこうして次巻でも皆さまにご挨拶できることを切に願っております。

本当にありがとうございました。

二〇一七年十二月吉日　もり

文庫版あとがき

はじめまして、こんにちは。もりです。

このたびは『紅の死神は眠り姫の寝起きに悩まされる』文庫版の1巻をお手に取っていただき、ありがとうございます。

本作はＰＡＳＨ！ブックスで二〇一八年の一月に刊行されたものを、文庫化していただいたものです。

その際にも『あとがき』は書かせていただいておりますので、今さらという気がしないでもない……？　ということで、今だから言えることを書いてみようと思います。

まずは主人公リリスについて。ブックスのあとがきでも述べましたが、リリスは『元気な女の子を書きたい』との思いから生まれた主人公です。それまでは控えめなヒロインを書くことが多かったので、『元気な～』となったわけですが、そこでなぜか頭に浮かんだのが「プリンが食べたい！」というセリフでした。

なぜプリンなのかは、私にもわかりません。そのときに私が食べたかったわけでもないのに謎でしたが、そこから『プリンなら見よう見まねでも作れるかも？』となりまして、リリスは〝視ることができる〟能力を持つことになりました。

でも、リリスは〝視るだけ〟なので失敗も多く、万能ではありません。ですから、専門家の技術と知識を借り、みんなで協力しながらようやく成功に辿り着くわけですが、そのためかリリスは自分の力を過小評価しています。

普段は底抜けに明るく前向きなリリスが、今ひとつ自信を持てないのも、そこに理由があるのかなと思います。

そのおかげなのかどうなのか、ジェドと波長が合ったのは自信が持てない者同士だったからかもしれません。まあ、ジェドは自信が持てないというレベルではありませんが。


さて、裏話といえば名付けについてです。

イメージを崩される方もいるかもしれませんので、ここからはご注意ください(笑)。

リリスはご存じの通り、花の【アマリリス】から。ということで母の【カサブランカ】、妹の【ダリア】も花言葉を調べつつ決めました。

リリスの祖国・フロイト王国は『夢判断』の著者で心理学者である【フロイト】から、そして父王のドレアムは【Dream】、スピリスは【Sleep】を、エアムは某寝具をもじって名付けました。ノリです。

では、ヒーロー側はというとジェスアルドはとにかく〝ジェド〟とリリスに呼ばせたかったのですが、他の人たちは違う愛称で呼んでいるという設定にしたくて、それっぽくしてみました。

というわけで、他の登場人物や地名なども何から名付けたのかと推測していただくのも面白いかもしれません。

そして今回、文庫化に際して新たに番外編を一編書き下ろしいたしました。

実はブックスでの購入特典としてSSをかなり書いておりましたが、過去のデータが破損して残っていなかったため、何を書いたか今ひとつ思い出せない。……ということで、担当様に全てのSSデータを改めて送っていただきました。ありがとうございます。

おかげさまで無事に読み直すことができ、懐かしい気持ちとこんな話もあった？　という驚きとで、楽しかったです。

とはいえ、今回はどんなお話を書こうかとはけっこう悩みました。

それもなぜかと言うと、ブックスのSSだけでなく……なんと！　本作は幸運なことに、イラストを担当してくださった深山キリ先生がコミカライズしてくださっているのです！

あの夜這いシーンも二日酔いシーンもメロメロ大作戦（笑）も、全て素敵に華麗にコミカルに描いてくださっています。

全6巻好評発売中ですので、ぜひよろしくお願いします！

と、話が逸れたようでそうではなく、深山キリ先生のコミックスでも、ありがたいことにSSをカバー裏に書かせていただいたのです。

それら全ての話に整合性がとれるような内容で、なおかつネタバレしないとなると、なかなか難しくはありましたが、お母様視点のリリスの子供時代を書いてみました。

エアム兄とリリスがケンカばかりだったのは意外に思われた方もいるかもしれません。

リリスがジェドに「一番高い塔のてっぺんから叫ぶ」と宣言したのも、エアム兄に言われた「悔しかったら、一番高い所から叫んでみろよ」という子供の頃の口ゲンカが原因です。

本当にリリスは塔のてっぺんから叫ぶことがあるのか……は、次巻以降のお楽しみです。嬉しいことに、2巻、3巻と連続刊行予定ですので、ぜひ引き続きお楽しみください。

この文庫化にあたり、深山キリ先生が新しくイラストを描き下ろしてくださっています。やったー！

ブックスのイラストからコミカライズ、そして文庫化まで毎回素敵な作品を本当にありがとうございます。

一枚一枚全てが私の宝物です。

また新しい担当様、以前からお世話になっている担当様、いつも懇切丁寧にダメダメな私を導いてくださり、感謝の気持ちでいっぱいです。

そして、この本に関わってくださった全ての皆様にお礼申し上げます。

何より、こうしてお手に取ってくださった読者の皆様、本当にありがとうございました。

お手頃な文庫版全3巻ですので、2巻、3巻とぜひお手元にお迎えくださると嬉しいです。

それではまた次巻で。

二〇二四年七月吉日　もり

小説・コミカライズ共に
完結している紅の死神ですが、
またこうして新規絵を描くことが
でき嬉しいです。
文庫版でもリリスやジュドの
お話をお楽しみ下さい。
深山キリ

この本を読んでのご意見・ご感想・ファンレターをお待ちしております。
〒104-8357 東京都中央区京橋 3-5-7
(株)主婦と生活社 PASH! 文庫編集部
「もり先生」係

PASH!文庫
本書は2018年1月に小社より単行本として刊行されたものを文庫化したものです。
※この作品はフィクションであり、実在の人物・団体・法律・事件などとは一切関係ありません。

紅の死神は眠り姫の寝起きに悩まされる 1

2024年7月15日 1刷発行

著　者　もり
イラスト　深山キリ
編集人　山口純平
発行人　殿塚郁夫
発行所　株式会社主婦と生活社
〒104-8357 東京都中央区京橋 3-5-7
[TEL] 03-3563-5315(編集) 03-3563-5121(販売)
03-3563-5125(生産)
[ホームページ]https://www.shufu.co.jp
製版所　株式会社二葉企画
印刷所　大日本印刷株式会社
製本所　小泉製本株式会社
デザイン　小菅ひとみ(CoCo.Design)
フォーマットデザイン　ナルティス(粟村佳苗)
編　集　馬田友紀

 Printed in JAPAN　ISBN978-4-391-16288-2